DU MÊME AUTEUR

Romans

Aux Éditions Gallimard

PASTEL, Grand Prix littéraire Georges Rinck 2000 ; prix François Mauriac de l'Académie française 2001 (« Folio », n° 3607).

LE FANTÔME DE LA TOUR EIFFEL, 2002 (« Folio », n° 3985).

SEMPER AUGUSTUS, 2007 (« Folio », n° 4795).

LE COLONEL DÉSACCORDÉ, 2009 (« Folio », n° 5087).

CANISSE, *récit d'anticipation*, 2010 (« Folio SF », n° 376).

HAUT VOL, 2014.

Chez d'autres éditeurs

L'ÎLE, *conte*, Paris, Éditions Jacques Grancher, 1993.

LE PRINCE DE LA FOURCHETTE, Paris, Éditions Arléa, 1995.

LE JARDINIER D'ASSISE, Paris, Éditions Desclée de Brouwer, 2004.

LE MAÎTRE DE CAFÉ, Paris, Éditions Albin Michel, 2013. Grand Prix du Roman de la Société des gens de lettres.

CONCERTO POUR LA MAIN MORTE, Paris, Éditions Albin Michel, 2013.

DISCOURS D'UN ARBRE SUR LA FRAGILITÉ DES HOMMES, Paris, Éditions Albin Michel, 2015.

NOUS, LES VIVANTS, Paris, Éditions Albin Michel, 2018.

MON NOM ÉTAIT ÉCRIT SUR L'EAU, Paris, Éditions Denoël, 2020.

Essais et récits

Aux Éditions Gallimard

L'ENFANCE DE CROIRE, 2004 (« Haute Enfance »).

Chez d'autres éditeurs

MADAGASCAR. Premiers pas au pays d'argile, *récit de voyage*, Paris, Éditions Fer de Chances, 1997.

Suite des œuvres d'Olivier Bleys en fin de volume

ANTARCTIQUE

OLIVIER BLEYS

ANTARCTIQUE

roman

nrf

GALLIMARD

À Julie, pour franchir avec elle des latitudes extrêmes, et courir au loin l'horizon toujours fuyant.

En mémoire de mon grand-oncle, Paul de Martin de Viviès, scientifique et explorateur, fondateur en 1949, sur l'île de la Nouvelle-Amsterdam, de la première base météorologique des Terres australes et antarctiques françaises.

STATION DE RECHERCHE SCIENTIFIQUE DALEKO, ANTARCTIQUE

82° 06' S, 54° 58' E

03.01.1961 – 17 h 45

CRAC ! La hache s'était plantée de biais, presque à l'oblique, du lobe d'oreille à la mâchoire. Le sang pissa n'importe comment, à petits jets rouges dans toutes les directions – ainsi fuit l'eau d'une digue qui va céder.

Les paumes humides, Vadim lâcha le manche. Le coup n'était pas franc. Avec le bois ou la glace, ça oui, il savait y faire. On le créditait d'un fameux tour de main pour équarrir des planches, par exemple, ou tailler des briques d'igloo. Mais une tête humaine ? C'était la première fois. À l'instant du choc, il avait senti la peau élastique s'étirer mollement, l'os dessous se briser en coquille d'œuf. Une onde de faible amplitude, un clapotis, s'était propagée de ses poignets à ses avant-bras : rien à voir avec l'impact dur et sec de la cognée sur un tronc d'arbre.

— Ah, ça... Tu causes moins ! éructa Vadim. Tu la fermes, maintenant, ta grande gueule !

Il ébaucha un pas de danse mais s'arrêta bien vite, le cœur au bord des lèvres. Ses jambes chassaient sous lui, par le jeu anormalement fluide des rotules. D'ailleurs le sol tanguait, les murs traçaient des perspectives démentes qui se perdaient là-haut, au firmament laiteux du pôle, ou plongeaient à l'infini dans l'épaisseur des glaces.

— Voilà ce que j'en fais, moi... des tricheurs dans ton genre !

Nikolaï voulut dire quelque chose. Derrière cette bouillie de chair et d'os palpitait une cervelle intacte. Mais le blessé n'obtint qu'une grappe de bulles sanglantes. Il recula d'un pas ou deux, fléchissant les genoux ; chercha l'appui d'une chaise et la manqua ; crut saisir le rebord de la table, le plateau d'échecs chavira sous sa main et projeta haut dans les airs les pions en ivoire de morse ; enfin, le chauffeur-mécanicien qui se dandinait autour de la pièce – c'était à peine croyable de se promener comme ça le crâne ouvert –, enfin Nikolaï céda à la pesanteur : il s'abattit de tout son long, avec le bruit mat d'un gros sac de farine jeté au bas du camion.

Le silence retomba, avec les brins de poussière soulevés par l'empoignade. Une flaque de sang s'étalait sans hâte ; elle grandissait sous la tête du mort jusqu'à l'entourer d'une sorte d'auréole. Nikolaï martyr donnerait bien du mal à celui qui, plus tard, traînerait la serpillière sur ce désastre.

Vadim se pencha sur le corps comme on s'avance, prudent, au bord d'un précipice. Ce jean-foutre était bien capable d'un sursaut et, dans son dernier spasme, de lui bondir à la gorge. De la pointe de sa botte, le tractoriste lui asséna un petit coup dans le flanc, un autre plus fort – craquement de côtes – et un troisième qui plia Nikolaï en deux et l'envoya valdinguer sous les couchages.

— Eh ! protesta quelqu'un qui l'avait reçu dans les jambes.

La voix venait de gauche, des lits superposés. Un troisième personnage dessoûlait sur le matelas du bas, une conserve cabossée en guise d'accoudoir. Anton Petrovitch Loubachev, le chef de la base polaire.

Dans l'esprit de Vadim s'assembla une sommaire géographie des lieux, cependant que lui revenait, lentement et par degrés, le sens des réalités. Lui dont le carré crasseux du plateau d'échecs, depuis trois heures, absorbait toutes les facultés vit s'élargir d'un coup le champ de sa conscience.

Il sentit les plaques de tôle boulonnée sous ses semelles, huma l'odeur de rouille, d'urine et d'alcool macéré qui poissait l'atmosphère. Autour de l'ampoule à tungstène rayonnaient en secteurs égaux le coin où dormir, le coin où manger, le coin où bricoler. Dans le dernier secteur se dressait la porte, aux gonds gelés et au seuil plâtré de blanc, qui veillait sur une forêt brumeuse de bottes grand froid.

Deux hublots seulement, si mal taillés qu'ils semblaient faits à l'ouvre-boîte, apportaient jusqu'au milieu du foyer – jamais au-delà – ce qu'on appelait *lumière* faute d'un autre mot. En vérité, ce flux gris pâle charriait si peu de photons qu'il aurait fallu dire autrement.

C'est dans ce demi-jour que Vadim, mains croisées dans le dos, suivait hébété l'épanchement du sang : un dépôt rond sous l'ampoule, puis une traînée rectiligne jusqu'au corps de l'ingénieur. Le sang séchait mal dans l'humidité ambiante, cette vapeur qu'exhalaient les quatre hommes à l'intérieur du caisson métallique. La petite flaque tremblotait, lisse et tiède. De même, semblait stagner dans l'air le souvenir de ce que Vadim avait fait.

— Vadim ! Vadim ! Vadim ! râla l'homme étendu.

Et, tandis qu'il modulait cette plainte, son coude glissa vers son épaule pour entamer un lent redressement, qu'il poursuivit en dégageant ses jambes d'un plaid effrangé. Chaque geste semblait pomper toutes ses forces. Se hisser debout lui ficha la nausée. Anton écarta les genoux et rendit gorge là même, entre ses talons.

— ... Vaaaaaaddim ! ahana le chef en s'essuyant la bouche.

Le tractoriste eut un reniflement. Sa main oscilla près de ses chevilles, vers la bouteille qui leur tenait souvent compagnie. Mais le flacon avait roulé sous un meuble, hors d'atteinte, ou bien il était vide, ou bien il s'était brisé dans la bagarre et plantait dans sa paume des morceaux coupants. Il ne savait plus trop.

— Qu'as-tu fait, Vadim ? Tu vois ce que tu as fait ? Ce pauvre Nikolaï... Tu lui as défoncé la tête !

Anton Loubachev titubait, bras tendus vers l'assassin. Le chemin le plus court était la ligne droite mais, en pratique, il dut suivre de grands lacets pour avancer. Des bonbonnes de gaz et des bouteilles en verre traînaient un peu partout, qui chassaient sous ses pieds. Plus il en repoussait, plus il en arrivait, une vraie meute lui collant aux semelles.

Enfin, Anton atteignit Vadim et l'agrippa tel un homme à la mer la bouée qu'on lui jette. Le tractoriste n'étant pas, non plus, bien d'aplomb sur ses jambes, les deux exécutèrent une danse, en avant, en arrière, dans les bras l'un de l'autre. Les joues du chef s'emplirent encore de vomi qu'il bloqua valeureusement dans ses sinus et dans son arrière-gorge, et même ravala avec une grimace atroce.

— Ne bouge plus ! Reste là ! implora Loubachev qui se sentait tourner de l'œil.

— Eh, chef, c'est toi qui m'as bousculé !

Au bout d'un moment, cette espèce de culbuto trouva la verticale et se stabilisa, assez longtemps pour qu'Anton pût affermir sa prise au col du tractoriste. Ses mains pincèrent les revers du manteau dont la peluche s'arrachait par touffes, telle la laine d'un mouton malade ; ses mains fouillèrent le tricot dessous et se vrillèrent dans les mailles.

Vadim se laissa maîtriser. Bâti comme il était, il aurait pu défaire la clef d'un tour de poignet. Ç'aurait été un jeu d'enfant pour lui, de soulever son adversaire au-dessus de sa tête et de l'envoyer s'aplatir sur la cloison. Mais qu'aurait-il fait, ensuite ? Fuir ? Où ? S'évader ? Comment ?

D'ailleurs, une puissance redoutable confortait la molle étreinte du chef. C'était le destin qui lui écrasait les épaules, la fatalité qui le garrottait, ne laissant qu'un filet d'air entrer dans ses poumons.

— Vadim Igorovitch Kotov… Bougre d'andouille… Honte de ta lignée, désespoir de ta mère ! Je t'arrête… Je t'arrête pour le meurtre… Oh, mon Dieu…

Le chef ne put procéder dans les formes à l'appréhension du criminel. Il avait bien trop bu pour exercer la loi. Au lieu de quoi, Anton retourna s'allonger en bredouillant que Vadim ne perdait rien pour attendre.

1

La faute à la vodka, tout ça. Au-delà du sixième verre s'ouvrait une contrée trouble, pleine de cris et de tumulte, qui ne laissait aucun souvenir au buveur mais prélevait parfois une vie humaine. Des proverbes en avertissaient les Russes : la vodka allume la poudre ; elle chasse les lames du fourreau et les regrets des cœurs.

Or toute cette littérature, c'était bien égal à Vadim qui regardait, très embêté – pas mécontent, toutefois – son partenaire de jeu d'échecs, Nikolaï, se vider de son sang au pied des lits. Le chauffeur-mécanicien gisait là, le fer du merlin solidement planté dans sa face de rat.

Deux heures déjà que Vadim avait eu ce mauvais geste, cette décharge de nerfs. Deux heures et douze minutes. Avant de s'étendre, et bien qu'ivre mort, Loubachev avait roulé un œil glauque vers la pendule (la grande aiguille) et griffonné l'heure du crime sur le dos de sa main. Seul un chef a des idées pareilles.

Vadim, lui, n'avait pu dormir. Il avait tellement bu qu'on aurait fait gicler la vodka en lui pinçant la joue. Pourtant, le sommeil l'aurait fui s'il avait posé sa tête bourdonnante sur l'oreiller. Trop de soucis. Alors, il avait traîné un tabouret au milieu de la pièce et attendait, impassible, ses grosses mains pendues entre les cuisses, que les choses aillent leur cours.

Il y avait pourtant de quoi faire. Ce n'était pas la besogne qui manquait, sur une base polaire. On pouvait pelleter la neige bavarde qui s'amassait devant la porte et finirait par la bloquer. On pouvait touiller le fioul dans la citerne, pour l'empêcher de figer à cause du gel. Des tâches simples, qui toléraient un certain degré d'ébriété. D'autres demandaient d'aligner un peu mieux ses gestes et ses pensées : par exemple, le collage de bandes de caoutchouc sur les bottes grand froid ; leurs semelles rabotées par la glace s'usaient à toute allure.

Mais Vadim n'avait d'élan à rien. Même ramasser les pièces du jeu d'échecs et les ranger dans leur boîte excédait ses forces. Il voulut s'en occuper, mais ne put mettre la main sur la reine blanche ni le roi noir. C'étaient ces deux figures, justement, qui avaient conduit au drame. Tant pis, il renonça à les chercher. Ne valait-il pas mieux tout laisser en place, d'ailleurs ? Ces petits bouts d'os étaient des *pièces à conviction* – il croyait bien qu'on les appelait ainsi, les objets qui gardaient mémoire de vos mauvaises actions.

Les bras à plat sur les cuisses, la mandibule flottante qu'il ramenait de temps à autre avec un fil de salive, Vadim attendait. Dehors, la neige avait repris, une neige d'ouest soufflée contre les hublots qu'elle blanchissait à mesure. Les flocons se déposaient du bas jusqu'en haut, d'abord aérés et lumineux, puis plus denses. Un moment viendrait où leur multitude abolirait le paysage et envelopperait aussi les sons d'un feutre épais. Les voix, les visages, les vies même prendraient une texture différente, grise et fuligineuse. On se croirait en plein rêve.

Le regard de Vadim erra sur les couchettes, vers les silhouettes emmitouflées d'Igor et de Dimitri. Ceux-là ne comptaient pas cinquante ans à eux deux. Igor, glaciologue : vingt-huit ans. Dimitri, géologue : vingt et un. Comme à des enfants, on leur cédait les meilleures couvertures, les plus grandes pièces de fourrure qu'ils entassaient chaque nuit sur leurs membres grelottants. Igor ne quittait jamais un bonnet de laine à grosses côtes qu'il rabattait, avant de dormir, jusqu'au bas des joues – à se demander comment l'air pouvait cheminer au travers. Dimitri, lui, avait inventé contre le « gel broyeur d'orteils » d'enfiler sur ses pieds toutes les chaussettes à sa taille, soit six ou sept paires dont il ne faisait, chaque semaine, que permuter l'ordre pour se donner l'impression d'en changer.

Igor et Dimitri avaient des barbes de jeunes gens, blondes et ondoyantes, dont ils taillaient le pourtour au couteau et tressaient en nattes miniatures les brins les plus longs. Les deux tenaient très mal l'alcool. Ce soir-là, ils avaient sombré tout de suite, dès le troisième verre et la deuxième manche du jeu. Ils dormaient comme des bienheureux, sans se douter qu'un meurtre avait été commis pendant leur sommeil.

Près des lits des ingénieurs se dressait un échafaudage à l'équilibre douteux, formé lui aussi de planches clouées et de bastaings de récupération. Un barreau de l'échelle sur deux était cassé, et les autres ne tenaient qu'avec de mauvaises soudures. Il fallait choisir où poser les pieds sur les fers à béton, sans quoi tout s'écroulait. La couchette du bas, libre désormais, appartenait à Nikolaï. En haut, sur sa litière garnie d'écorce et de sciure de bois, ronflait Anton Loubachev, botaniste et chef de la base antarctique Daleko.

Sans quitter son tabouret, mais en joignant ses grosses phalanges pour y caler son menton, Vadim scruta le dormeur. Une moitié seulement d'Anton s'était hissée sur la couchette du dessus ; l'autre pendait en dehors : un bras ballant et une jambe nue, avec au bout une chaussette tire-bouchonnée. La figure baveuse s'étalait à même la paillasse, auréolée d'écume jaune. Entre les dents plantées de biais gisait la langue, comme le bout tranché d'un tentacule. Le relâchement des muscles était tel, dans cette face d'ivrogne, qu'on aurait dit un masque de caoutchouc sans os à l'intérieur. Loubachev s'était ramassé une belle pistache... Quand se réveillerait-il ? Impossible à dire. Dans des heures, dans des jours peut-être.

Il reviendrait à lui, pourtant. C'était sûr, aussi sûr que des traces d'ours conduisent à l'ours. À un certain moment, l'alcool dans ses veines serait assez dilué pour qu'il reprît conscience. Or, Vadim le savait, à la seconde où les paupières d'Anton laisseraient filtrer la lumière du jour, une mécanique s'enclencherait, un fatal engrenage d'enquêtes et d'interrogatoires qui mènerait à sa condamnation.

Il connaissait Anton ou, plutôt, il connaissait les Slaves. Le chef de base appliquerait le règlement sans sourciller, car tel était bien le génie de l'administration soviétique, ce qui lui valait la déférence et la crainte des peuples du monde entier : son strict respect des procédures. Il n'y avait qu'un officiel russe pour discourir l'hiver, face au vent, par soixante degrés de latitude nord et autant sous zéro dans l'échelle des températures. Il n'y avait qu'un mécanicien russe pour graisser une roue d'autochenille en plein blizzard, sans autre espoir qu'un biscuit rassis et un verre de thé tiède à son retour dans la cabine.

Anton rédigerait le procès-verbal du meurtre de Nikolaï Kalinine, ingénieur-mécanicien, par Vadim Kotov, tractoriste de deuxième classe, avec le même soin qu'il apportait par exemple à l'épluchage des patates, toujours rondes et lisses sous son couteau.

Dans son rapport, il inscrirait le jour, l'heure et autres détails signifiants ; il livrerait les circonstances et l'humeur des protagonistes ; enfin, il consignerait ce qu'ils avaient dit ou fait jusqu'au coup de hache fatal.

Même les mouvements des pièces d'échecs y figureraient car Loubachev, joueur lui-même, devait à sa prodigieuse mémoire d'avoir enregistré des centaines de parties. Certains soirs, le chef racontait telle ou telle manche, du premier au dernier coup – le duel Polugaevsky-Nezhmetdinov à Sotchi en 1958, l'affrontement de Kotov avec Petrossian à Moscou en 1949... –, tandis qu'Igor ou Dimitri, sous sa dictée, déplaçait les pièces à la surface du plateau. C'était une séquence de chiffres et de lettres que le botaniste débitait sans pause et sans erreur, comme d'autres déclament des poèmes épiques de dix mille vers : « 1. e4 e5 2. f4 e×f4 3. Bc4 Dh4+ 4. Rf1 b5 5. F×b5... » Ça passait le temps, disait le chef.

D'un tel homme, Vadim ne pouvait espérer aucun accommodement. Le rapport serait tapé en cinq exemplaires, dont deux transmis au Comité interdépartemental pour la Recherche antarctique. Le Comité, tôt ou tard, monterait une expédition pour s'assurer du meurtrier et le rapatrier sous bonne garde à Moscou.

Voilà comment opéraient généralement ses compatriotes. Ils peinaient à transporter l'eau courante dans un quartier excentré de leur capitale, mais déployaient des efforts inouïs vers un but distant et impossible, comme la planification soviétique n'avait cessé d'en formuler depuis l'entre-deux-guerres.

Envoyer un détachement dans le désert polaire, à des milliers de kilomètres de Moscou, pour y coincer un criminel insignifiant : cette idée était bien pour leur plaire. Vadim ne doutait pas de sa mise en œuvre. Loubachev l'enverrait à la case prison, à la case échafaud, aussi simplement qu'on pousse sur l'échiquier, du bout de l'index, un fou offert en sacrifice.

Ça s'agitait, du côté des lits. Le chef avait replié sa jambe libre et s'entortillait dans la couverture. Igor et Dimitri remuèrent à leur tour, comme si ce mouvement leur avait été transmis par une courroie invisible.

Vadim décolla ses grosses fesses du tabouret. Il examina les trois hommes, d'aussi près qu'on pouvait sans les réveiller. Leurs haleines tissaient une vapeur blanche, vite dissipée dans l'air froid. Elles étaient grasses et capiteuses, à la température interne des corps. Sauf celle d'Igor, secoué d'une petite toux dans son sommeil, les respirations filaient doucement, calmes, régulières.

Vadim n'aurait eu qu'à serrer ses doigts autour des cous pour tarir ce mince flux d'air. À l'armée, on lui avait appris les techniques de strangulation. Il suffisait d'appliquer ses pouces au bon endroit et d'appuyer fort. Des variantes existaient, invalidantes ou mortelles.

Une idée coupable s'immisça dans son esprit, telle qu'en ont les personnages de roman mais telle, normalement, qu'il n'en vient pas aux gens ordinaires. Que risquait-il à exécuter le chef, ou même Igor et Dimitri, maintenant qu'il avait tué Nikolaï ? L'assassin encourt-il une peine plus lourde s'il a fauché deux, trois ou quatre vies, plutôt qu'une seule ? Il croyait bien que non. La justice ne distinguait pas de degrés dans l'horreur, ni de nuances dans la faute. C'était fichu, de toute façon.

Vadim s'écarta des couchettes en agitant les bras pour chasser cette pensée obscène. Il se mit à déambuler autour du poêle, tantôt en avant tantôt à reculons, comme un cheval à l'exercice. Ses pas traçaient une ellipse dont le cadavre de Nikolaï formait le foyer excentré. À chaque tour, Vadim enjambait le corps inerte du chauffeur-mécanicien. Il veillait à ne pas tremper ses chaussures dans le sang qui coulait toujours mais qui, épaissi, s'étalait moins vite.

Vadim pouvait massacrer tout le monde, oui. Ou abattre Anton qui se trouvait, après tout, le seul témoin du crime. Le plan s'ébaucha dans son esprit. Il s'acquitterait du chef endormi avant de les traîner dehors, lui et le premier cadavre. Avec toute cette neige, croyait-il, il pouvait se dispenser de creuser une fosse ou d'effacer ses traces. Il n'aurait qu'à coucher les deux hommes au sol, à une certaine distance du baraquement ; en un instant, les flocons auraient tout recouvert. De retour à la base, Vadim secouerait les deux ingénieurs :

— Igor ! Dimitri ! Debout ! Il est arrivé une chose terrible ! Anton et Nikolaï se sont battus à mort !

Alors, le tractoriste débiterait l'histoire qu'il aurait mise au point : les deux hommes, fin soûls, sortant en plein blizzard pour se cogner ; lui s'interposant mais comment faire, moins quarante, un vent à décorner les rennes, c'était sa vie ou les leurs... il avait hurlé depuis le seuil : Rentrez ! Rentrez ! mais eux n'écoutaient rien, s'empoignaient torse nu dans les bourrasques ; des volées de flocons leur passaient dessus comme des traits de gomme ; peu à peu, leurs silhouettes avaient pâli et rapetissé – ils avaient disparu.

Pourquoi pas ? Ça tenait debout. Avec la complicité de la neige, le double meurtre serait passé inaperçu. La neige aurait blanchi Vadim, elle l'aurait innocenté. N'était-ce pas, d'ailleurs, ce que beaucoup venaient chercher ici : non le pardon mais l'oubli – une amnésie bénéfique, un nouveau départ dans ce paysage nu, telle une feuille vierge dont tout s'est effacé ?

Vadim arrivait à la hauteur du cadavre. Soudain, il agrippa le manche de la hache et tira d'un coup sec. L'outil se dégagea avec un bruit dégoûtant, un *floc* humide de viscères remués. Sous la secousse, l'hémorragie reprit ; du sang frais perça les croûtes de sang caillé et inonda les méninges, d'un rose clair sous les morceaux de crâne.

Frottant la hache souillée sur sa botte, Vadim vit avec satisfaction qu'elle entamait le cuir. Le fer tranchait encore. Nikolaï l'avait affûté la veille pour faire du bois, sans se douter qu'il préparait l'instrument de son propre supplice.

Un instant, l'image passa devant les yeux du tractoriste : Nikolaï accroupi, la hache brillante contre sa cuisse, un seau cabossé entre les genoux où il immergeait de temps à autre la pierre à aiguiser. Il vit avec netteté l'eau froide qui ruisselait sur les mains veineuses, le dos voûté de Nikolaï coiffé de cette drôle de chapka dont une oreille se relevait à l'horizontale. Le chauffeur-mécanicien échangeait des plaisanteries avec Igor, en train de débiter une carcasse de viande. Nikolaï était le seul, sur la base, à savoir dérider l'austère glaciologue. « Que mange-t-on demain, Igor ? Encore du renne bouilli ? » blaguait Nikolaï, en feignant de vomir. « Non, demain, le menu change ! répliquait l'autre. Nous cuirons tes couilles macérées dans la bière. Ça ne doit pas être si mauvais, assaisonné de raifort. Dis-moi, camarade, j'ai mon couteau. Tu voudrais bien baisser ton pantalon ? Ah, ah ! »

Au souvenir de cette scène, Vadim sentit une pointe de regret. Une ombre amère s'insinuait en lui. Mais il se ressaisit. Ce n'était pas le moment d'avoir des scrupules.

Le criminel soupesa l'arme qu'il fit pirouetter dans sa main, l'œil sur Anton endormi. Sa décision était prise. C'est au chef qu'il destinait le prochain coup. La hache lui défoncerait le crâne, *chlac !* Et Vadim s'arrêterait là, sauf si le bruit réveillait ses camarades des couchettes voisines. Alors, tant pis, *chlac ! chlac !*, il leur ferait le même sort.

En une minute, tout serait réglé. Il deviendrait l'unique habitant de la base Daleko et disposerait de tout à sa guise : le meilleur lit sous des monceaux de fourrures, le poêle brûlant, la vodka comme s'il en pleuvait ; cinq ou six repas par jour, pourquoi pas ? Les poliarniks avaient droit à sept mille calories quotidiennes. Ce n'était pas de sitôt qu'il viderait les caisses de saumon séché, en piles jusqu'au plafond, ni les conserves de délicieux pelmenis farcis à la viande de renne.

Vadim brandissait déjà l'arme, à deux mains, il étudiait où frapper pour tuer Anton du premier coup sans projeter d'éclaboussures – quand le dormeur se mit d'un coup sur son séant.

21 h 00

Ç'avait été si brusque que Vadim, saisi, attrapa le hoquet.

— Je... je range, annonça le tractoriste d'une voix blanche, en inclinant la hache qu'il n'avait pu cacher à temps. *Hip !*

— Lâche ça.

— *Hip !* De quoi ? *Hip !*

— La hache. Pose-la.

Avec un louable sang-froid, le chef lui tourna le dos pour descendre l'échelle rouillée des lits. Frapper, maintenant ! songea Vadim, les poings crispés sur le manche. Il éviterait une empoignade, d'issue toujours douteuse bien qu'Anton fût moins costaud. Mais le tractoriste laissa filer l'occasion. Confus, il chercha où poser la hache et ne trouva nulle part. Il finit par la replanter dans le cadavre.

Loubachev avait mis pied à terre et se tenait devant lui.

— Vadim, par ta faute, j'ai passé une mauvaise nuit. Une nuit affreuse, même. Et je me réveille en plein cauchemar ! Ça pouvait être un jour comme les autres. Nous aurions ramassé les bouteilles et passé le balai. Tout le monde aurait bu de la soupe, pour soigner son mal de crâne. Mais voici le pauvre Nikolaï, raide mort...

Les deux hommes considérèrent le cadavre, réduit au-dessus des clavicules à un salmigondis de chair et d'os. Ce morceau de viande ne disait plus rien de l'homme qu'avait été Nikolaï.

Vadim se rappelait un bon garçon, jovial et travailleur, dont les mains jamais en repos étaient toujours à bricoler quelque chose. Elles avaient construit les lits superposés du dortoir, par exemple, et maintes fois rafistolé la porte contre les assauts du gel. On leur devait aussi des ouvrages plus délicats, telles ces pièces en ivoire de morse, taillées au canif pour remplacer des pions du jeu d'échecs. Nikolaï avait sculpté le fou noir, les deux tours et cette reine blanche qui était la cause de leurs malheurs.

— Eh bien, tu en fais une tête ? On dirait que tu le vois pour la première fois !

— Bon, je n'avais pas vraiment pensé à Nikolaï, en donnant le coup de hache. Je veux dire... Je savais bien que c'était lui, mais je n'y pensais pas.

— Qu'est-ce que tu racontes ?

— Je m'excuse, termina piteusement le criminel qui ne trouvait plus de mots.

— Ça ne suffira pas, Vadim. Je dois informer le Comité.

— Maintenant ?

— Sur-le-champ.

Anton venait de se réveiller, et parlait déjà de se mettre au travail. Un autre que lui se serait arrêté à la pompe pour rincer son visage saliveux ; il aurait pissé un coup derrière le morceau de bâche qui délimitait les latrines et ne cachait rien de leur occupant. Mais le chef marcha droit au bureau – on appelait ainsi le plateau bancal qui servait d'écritoire.

Un boulon d'un kilo écrasait des papiers en désordre. D'alarmants relevés de températures y frayaient avec des inventaires de provisions, des mesures d'épaisseur de la glace avec des commandes de pièces mécaniques dont certaines, télégraphiées aux magasins de Moscou, avaient magiquement atteint leur destinataire et s'étaient converties, des mois plus tard, en colis parachutés par avion.

L'encre, comme chaque matin, s'était pétrifiée dans le flacon et Anton travailla un moment à casser cette banquise miniature avec sa plume d'acier. Le tintement du stylet sur le col de verre retentissait, lugubre, dans l'air gelé.

— C'était commode, quand nous avions la machine à écrire. Dommage qu'elle soit cassée. Tout s'abîme, ici. Nous finirons comme des hommes des cavernes, vêtus de peaux de bête à nous épouiller près du feu.

— Tu vas écrire quoi, chef ?

— Tu le sais bien, je vais raconter ce qui s'est passé.

— Un rapport ?

— Voilà, c'est ça. Je vais écrire un rapport.

— Et qu'est-ce qu'on fait de Nikolaï ? Il ne faudrait pas nettoyer avant ?

— On verra ça plus tard, quand les jeunes seront réveillés. Le rapport, d'abord.

Un clapotis léger se fit entendre : l'encre liquide avait percé la croûte de glace. Loubachev touilla cette espèce de soupe noire avant d'appliquer la plume sur le papier cloqué d'humidité.

Vadim le regardait faire, dans l'hébétude du condamné

qui assiste aux préparatifs de son exécution. Chaque plongeon du stylet dans l'encrier lui arrachait un soupir, comme si c'était son sang que buvait la plume d'acier, sa veine où elle piquait méchamment. Son humeur trempait dans une résignation morose, un consentement veule au châtiment qui l'attendait.

De loin en loin, cependant, il avait un sursaut de volonté. Des signes légers s'en affichaient sur son visage. Les narines de Vadim se dilataient, ses prunelles s'étrécissaient jusqu'à devenir de petits grains noirs dans les iris tout bleus. Et ces yeux mêmes circulaient à vive allure sous les paupières basses, vers l'écritoire, vers les couchettes, vers le cadavre, réglant des trajectoires et combinant peut-être un assaut.

Puis cela retombait. Tel un accès de fièvre, cet embrasement d'une seconde laissait le meurtrier dans la confusion, apathique et absent.

— Je croyais que nous étions amis... plaida Vadim dans un long reniflement. On se connaît depuis combien d'années, Anton ? Douze ? Treize ?

— Onze ans, je crois.

— Onze ans, voilà ! sourit le tractoriste, content d'avoir l'oreille du chef. C'est toi qui m'as recruté à Severomorsk, pour l'entretien des camions-grues de l'arsenal. Tu te rappelles ?

— Je m'en souviens, oui.

— Je n'étais qu'assistant mécanicien, à l'époque, tout en bas de l'échelle. Le contremaître me confiait des tâches de singe savant : passer le balai, remuer des caisses... C'est à peine s'il me jugeait digne, de temps à autre, d'épisser un câble d'amarrage. Pourtant tu m'as fait confiance, chef, tu m'as donné du travail ! « Toi,

Vadim, je t'emmènerai en Antarctique ! » Tu le répétais chaque année, au moment des affectations. Et tu as tenu parole... Oui, chef, tu as toujours été bon pour moi. Quel dommage que ça finisse comme ça !

Loubachev posa le porte-plume et considéra tranquillement son compagnon. Ses traits au repos n'affichaient aucun sentiment, ni la peur ou la défiance qu'inspirent en général les homicides, ni l'indulgence que Vadim, sans doute, voulait appeler par ces bons souvenirs.

C'était la physionomie d'un chef, sévère mais juste, creusée de sillons verticaux qu'avaient marqués l'exercice de l'autorité et la charge, depuis des années, d'hommes placés sous ses ordres.

— Que veux-tu que je te dise, Vadim ? Tu as tué Nikolaï. Un meurtre, c'est une affaire sérieuse. Un chef d'équipe peut passer l'éponge sur un outil perdu, sur une corvée négligée. Il peut, à la rigueur, excuser le coup de coude qui casse un hublot, bien qu'un tel incident puisse avoir ici des conséquences très graves. Le règlement énonce des dizaines d'infractions et, dans chaque cas, la punition qui s'applique. Celui qui laisse refroidir le poêle écope d'une simple remontrance. Mais on isole dans une pièce sans chauffage celui qui, par exemple, s'est détourné d'un camarade tombé dans une crevasse. C'est écrit là, dans le code polaire...

Le chef sortit un dossier du tas sur son bureau. Des traces de glu sèche rappelaient l'ancienne reliure, depuis longtemps décollée. Les feuilles ne tenaient plus ensemble qu'avec un gros élastique. Anton le fit rouler sous ses pouces pour défaire la liasse.

— Il est très bien fait, ce code. Je l'utilise tous les jours, et jamais je ne l'ai pris en défaut. Tout est consigné dans ces pages : le taux d'usure des chenilles des tracteurs, la gestion du stock de kérosène, le régime nutritionnel des travailleurs au froid… Absolument tout, sauf ce qui vient d'advenir : un poliarnik qui en massacre un autre à coups de hache.

— … Parce qu'il a triché aux échecs, glissa poliment Vadim.

— Ce n'était pas prévu, parce que ça n'aurait pas dû arriver. Personne n'a pensé qu'on pouvait tuer pour un motif aussi dérisoire. Pourtant vous vous entendiez bien, Nikolaï et toi, non ?

— Igor était son ami.

— Mais vous deux ?

— Non.

Depuis trois ans qu'ils vivaient sur la base, Nikolaï et Vadim n'avaient pas sympathisé. Leur intérêt commun pour la mécanique faisait qu'ils échangeaient des outils, qu'ils bricolaient ensemble si un seul homme ne pouvait s'acquitter du travail. Ça s'arrêtait là. Vadim savait que son collègue avait une sœur, une fille et une épouse à Krasnodar, trois enfants d'une précédente union, une datcha bâtie de ses mains au bord de la rivière Kouban ; toute une vie loin du pôle – Vadim lui n'avait rien, et personne ne l'aurait regretté s'il avait été mort.

À cette pensée, son humeur bascula vers une jubilation mauvaise.

— Bah… Il en a profité ! Est-ce qu'ils songeaient à moi, son Anouchka et lui, quand ils se pelotaient au fond d'un lit ? Bien sûr que non ! Alors, chacun son tour !

La colère se rallumait en lui, sans motif cette fois que l'arbitraire de l'existence, et le sort injuste qui faisait les uns douillettement blottis dans les bras d'une Anouchka quand les autres, seuls au monde, passaient la nuit à graisser des moteurs dans des hangars venteux.

— De quoi parles-tu, Vadim ?

— Je dis ce que je pense, lança le criminel dont les joues flambaient d'excitation. Nikolaï a eu la belle vie.

— C'était une raison pour le tuer ?

— Peut-être.

— Imbécile ! Tais-toi ! Tu me tires les nerfs ! Plus un mot, avant que j'aie fini !

Le tractoriste poussa un soupir. Ses yeux revinrent sur le cadavre dont la peau virait au jaune, couleur de coing mûr, avec des tavelures tabac qui fonçaient à vue d'œil. Les veines assombries saillaient au dos des mains. Le corps semblait vieillir en accéléré. À croire qu'avant d'entrer dans la mort, cet homme de trente-huit ans tâchait d'avancer en âge.

Vadim se demanda si leur partie d'échecs et le mauvais coup du chauffeur-mécanicien – blâmable certes, déloyal, à l'encontre de toutes les règles – justifiaient ce bain de sang. Dans la dernière manche de la partie, le fou de Nikolaï avait surgi du fond du plateau pour menacer son roi, de connivence avec d'autres pièces, dans une manœuvre appelée *enfilade*. C'est alors que la reine blanche avait parcouru quatre cases à angle droit, comme un cheval, infligeant au camp des noirs un mat imparable.

Vadim avait protesté ; Nikolaï s'était défendu en arguant d'une règle ancienne, du temps de l'impératrice Catherine. Le ton était monté, des injures avaient fusé des deux bords, on s'était flanqué quelques gifles avant que Vadim n'attrapât la hache – mais si ç'avait été un balai ou une pelle à déneiger qui lui était venu sous les doigts, il s'en serait servi tout pareillement, et Nikolaï en aurait été quitte pour une grosse bosse. Le diable avait voulu que ce fût un merlin, affûté de la veille.

Maudite reine blanche. S'il la retrouvait, Vadim la brûlerait dans le poêle, ou bien il la noierait dans un litre de vodka qu'il boirait au souvenir de son adversaire.

— Un rapport, chef ?

— Tais-toi.

— Non, je veux savoir ! Que vas-tu en faire, de ce rapport ?

— Je ne te réponds pas.

— Si tu ne me réponds pas, parole, je reprends cette hache et me l'envoie à travers la figure ! lança soudain Vadim d'une voix exaltée. Bonne chance, pour expliquer ce massacre aux chefs de Moscou ! Le premier mort, c'est moi qui l'ai fait. Mais le second sera ta faute !

Loubachev prit la menace au sérieux. Sans se hâter, il essuya sa plume et se cala bras croisés dans sa chaise, la seule assez solide pour tenir ce genre de position. Il détailla d'une voix calme :

— Tu sais bien ce que deviendra ce rapport. Tu connais les procédures.

— Je veux l'entendre de ta bouche.

— Eh bien, je vais l'envoyer au Comité interdépartemental pour la Recherche antarctique, direction des infrastructures et logistique polaires, sous-direction du personnel. Il n'y a pas d'instance disciplinaire, chez nous. Le tribunal des crimes du froid n'existe pas. Mais je suppose qu'ils sauront quoi faire de ton dossier, là-bas.

Le tractoriste tourna son regard vers les hublots, avec un ricanement incrédule. Dehors, le vent avait forci et déviait les flocons de neige, en les accélérant comme des projectiles. Ils ne tombaient plus mais cinglaient obliquement les carreaux, s'écrasaient dessus en étoiles larmoyantes. Une mitraille blanche et duveteuse s'aplatissait sans bruit contre le verre.

— Chef, allons... Tu veux envoyer un rapport à Moscou ? Et comment t'y prendras-tu ? Tu vas le ficeler aux pattes d'un oiseau migrateur ? Le suspendre au lest d'un ballon-sonde ?

— Nous avons une radio. J'annoncerai qu'un rapport doit partir en urgence. Ils enverront un avion.

— La radio n'a pas servi depuis des mois, depuis cette tempête qui a fauché l'antenne. Je ne sais même plus où nous avons rangé le mât.

— Il reste le télégraphe.

— Quoi, le télégraphe ? Ça marche encore, cette affaire ? Mais alors tu devras aller sur la côte, trouver un bateau vers le prochain bureau de télégraphie. Où est-il, d'ailleurs ? À Hobart, en Tasmanie ? Je sais qu'ils ont un câble sous-marin, là-bas.

Sur les sujets techniques, Vadim se sentait à l'aise. Il aurait volontiers débattu avec le chef de la meilleure façon d'informer les bureaux moscovites de son crime, soit le vieux télégraphe, soit cette nouveauté qu'on appelait télex, mais le botaniste s'entêtait :

— Ça suffit, Vadim. Nous télégraphions des commandes de farine et de poisson gelé. Nous pouvons bien télégraphier un rapport disciplinaire. Il suffit d'un peu d'organisation.

— Non, c'est beaucoup trop long. Ce serait comme coder la Bible en morse. Impossible ! Ça ne passera pas. Tu vois le temps qu'il fait dehors ? Tu vois où nous sommes ?

Vadim désigna les hublots, la porte qui tremblait au

vent et palpitait même, sous les bourrasques, telle une membrane de haut-parleur, en jouant un son grave et inquiétant.

Aussi bien, il aurait pu pointer le thermomètre dont le mercure se rétractait, peureux, au fond de son réservoir, ou la carte du continent étalée sur un mur, avec son liseré bleu cernant le vide immense de l'inlandsis. Il aurait pu montrer la glace qui s'infiltrait partout, comme le sable du désert dans les tentes bédouines : une plaque cristalline rampait sous la porte ; des stalactites blanches profitaient d'un trou dans le toit pour mordre à l'intérieur – la relative tiédeur de la pièce les liquéfiait au bout de quelques heures, nourrissant au sol des flaques couleur de plomb.

Partout où l'on posait les yeux, c'était le même tableau de solitude et de désolation. La base Daleko occupait un point que les géographes nommaient *pôle d'inaccessibilité.* 82° 06' de latitude sud ; 54° 58' de longitude est. Il n'en était pas de plus éloigné de la côte, ni de plus distant d'une région habitée.

Voilà ce dont Vadim voulait prendre le chef à témoin, avec un petit rire qu'il n'arrivait pas à contenir, un hoquet de dérision dont tremblait sa bedaine sur un large ceinturon militaire.

— Tu n'enverras pas ce rapport, chef. Il n'ira nulle part.

— Je trouverai un moyen, assura fermement Anton. Compte là-dessus. Et, maintenant, laisse-moi travailler !

22 h 30

À Daleko, le mur du côté des hublots portait une horloge, un modèle rustique Poljot aux gros chiffres noirs rehaussés de laiton.

Fixée à la paroi par un hameçon de pêche, l'horloge avait deux aiguilles, mais une seule marchait bien. La grande trottait vaillamment sur le cadran oblong tandis que la petite, déviée lors d'un choc, avançait par à-coups et comme à regret. Il en résultait beaucoup d'erreurs, un affichage extravagant dont, à vrai dire, personne ne lui tenait rigueur. Les poliarniks étaient habitués à vivre sous un soleil à caprices ; un soleil qui s'absentait des semaines pendant l'hiver austral ou, au contraire, errait des mois au ciel, tel un enfant boudeur qui refuse d'aller dormir. À quoi aurait servi, dès lors, de connaître l'heure exacte ?

Doutant de la petite aiguille, Anton et ses hommes ne suivaient plus que la grande et les rondes qu'elle accomplissait, en une soixantaine de minutes, autour du cadran de faïence. Ces tours étaient plus rapides et, d'une certaine façon, plus variés que les grandes révolutions de vingt-quatre heures. Il n'était pas indifférent de commencer un tour ou de le terminer, de cheminer entre deux chiffres ou de franchir les *pointes*, ces positions en haut et en bas du cadran, à l'heure pile ou à la demie, sur quoi l'aiguille ralentissait un peu, comme si le temps épaissi avait freiné sa course circulaire.

Pendant qu'Anton rédigeait son rapport pour l'administration, Vadim qui s'ennuyait déplaça son tabouret sous l'horloge. La grande aiguille avait déjà bouclé un tour sans que le chef eût seulement décollé les yeux de sa feuille. Son poignet courait en animal infatigable d'un bord à l'autre puis, la marge atteinte, bondissait à sa position de départ pour tirer une nouvelle ligne. C'était un galop aussi fluide que le débit de l'encre sur le papier. La main ne traînait pas, ni ne se hâtait non plus – ce léger empressement qui marque, en général, le tracé des derniers mots. Au contraire, une ou deux fois, mécontent de la tournure d'un paragraphe, Anton avait déchiré une page et l'avait réécrite en entier. Vadim l'avait regardé faire, comme on voit sombrer un bateau depuis le canot de sauvetage. Ce rapport, quelle plaie ! Ça n'en finissait pas.

Le criminel imagina un courant d'air qui faucherait les papiers de la table et les sèmerait sur le poêle, où ils prendraient feu. Il supposa une défaillance du porte-plume ou une fuite de l'encrier, répandant une flaque noire sur les documents. Bien des incidents, en somme, l'auraient tiré d'affaire. En esprit toujours, il fit pleuvoir des météorites sur le toit de la baraque ou béer des crevasses sous leurs pieds, décida d'improbables raids ennemis pour leur ravir leur position stratégique au milieu de nulle part ; combina des coups de vent catabatiques avec des attaques d'ours polaires – bien qu'on n'eût jamais observé aucun spécimen d'*ursus maritimus* au sud de l'équateur.

Dans toutes ces conjectures, le rapport bien sûr était détruit. Qu'adviendrait-il alors ? Le chef trouverait-il l'énergie de s'y remettre ? Ou bien, découragé, renverrait-il la corvée à plus tard – à la prochaine livraison d'articles de papeterie, dans six ou huit mois ?

Vadim se plut un certain temps à régler des catastrophes qui mettraient fin à ses ennuis. Quand ça ne l'amusa plus, ses yeux revinrent sur l'horloge, dont la grande aiguille avait franchi un nouveau cap au zénith du cadran.

Il remarqua une poussière, ce qu'il prit pour telle, avant d'identifier un moustique prisonnier du verre bombé. L'insecte était mort depuis longtemps, ses pattes sèches collaient à la paroi et s'en seraient sûrement détachées d'une chiquenaude. Comment était-il entré là-dedans ? Aucune de ces bestioles ne survivait au froid polaire, et les rares spécimens piégés dans les bocaux de cornichons périssaient bien avant d'atteindre le garde-manger.

Le moustique, pensa-t-il, avait été capturé pendant l'assemblage du cadran, dans la lointaine manufacture pétersbourgeoise de Poljot. Vadim se représenta ce que voyaient les ouvrières, par la fenêtre de l'atelier : les bouleaux plantés dans l'herbe haute, les collines d'or annelées d'eau noire, un monastère à bulbes dans l'arrière-plan ; et, flottant en écharpes troubles sur ce paysage, des nuées de moustiques levées d'un étang proche.

Une violente nostalgie s'empara du criminel. Ce n'étaient pas seulement le mal du pays, l'accent de distance et d'étrangeté qu'acquéraient ici les souvenirs de la terre russe. C'était aussi la saveur méconnue de la liberté qu'il allait bientôt perdre, cette liberté qui est pour les gens sans histoire comme l'air qu'ils respirent – transparente, insipide, jusqu'au jour où sa privation lui donne un goût.

Un étau froid lui serra la poitrine. Il comprit ce qu'était en train d'écrire Anton et comment son destin se jouait présentement.

— On peut peut-être s'arranger, hasarda Vadim.

Il lissa le pantalon sur ses cuisses et ratissa comme il put sa barbe en pelote de lichen. Il voulait bien présenter.

— J'ai des économies, confia le tractoriste un ton plus bas. Un joli petit pécule, caché quelque part chez ma mère... Et que peut faire de son argent un type dans mon genre, qui n'a ni femme ni progéniture ? Bah, tous ces roubles, c'est sûr, je finirai par les boire... Autant les offrir à un homme de bien.

Un sourire enjôleur se traça sur sa figure, du moins l'essaya-t-il, courbant ses lèvres vers le haut et pinçant les coins. Mais Vadim n'avait pas beaucoup pratiqué le sourire et n'obtint qu'une mimique d'abruti, un plissement clownesque.

Loubachev lui adressa un regard dénué d'intérêt, qui renvoyait le sien avec l'efficacité d'une bâche imperméable.

— Oublie, Vadim. Je n'ai rien entendu.

Le tractoriste haussa les épaules. Il sortit d'une poche le chapelet aux grains de bois qui l'accompagnait partout. L'accessoire servait moins à compter les prières qu'à s'occuper les doigts. Une à une, il pinçait les petites sphères de buis et les chassait vers l'autre main, en ayant bien garde d'alterner les doigts au travail.

Tantôt c'était le pouce qui opérait, tantôt le majeur ou l'annulaire, de sorte que les phalanges ne restaient jamais longtemps en repos. Ce truc d'alterner les doigts, il le tenait de l'ancien supérieur d'un monastère, dans l'extrême nord. Soucieux, pendant les longs offices hivernaux, d'éviter à ses ouailles la congélation des extrémités, le religieux leur avait appris à utiliser tous leurs doigts, plutôt que seulement le pouce et l'index.

— Dis, chef, tu la connais, Anouchka ? La femme de Nikolaï ?

— Sa veuve.

— Oui, bon, sa veuve.

— Je l'ai rencontrée une fois, au port de Kaliningrad. Elle accompagnait son mari à l'embarquement.

— Décris-la-moi.

La plume détachée du papier resta en l'air, et Vadim vit s'arrondir au bout la goutte d'encre noire. Il vivait l'instant avec une rare acuité, dans un luxe inouï de détails, comme si toute la scène avait été placée sous la lentille d'un microscope.

— Tu veux que je te décrive Anouchka Kalinine ? Pour quoi faire ?

— Décris-la, c'est tout. Ce n'est pas tous les jours qu'on entend parler d'une dame, ici.

Le criminel méritait sans doute qu'on lui jetât l'encre au visage, mais Anton eut pitié. C'était bien de la compassion qu'il éprouvait pour le fragile colosse, tassé sur sa chaise comme un sac de sable effondré sur lui-même, dans l'attente éperdue de mots, d'images qui rendraient des couleurs à son souvenir déteint du beau sexe.

Depuis combien d'années n'avait-il pas vu de femme, de *vraie* femme, puisqu'on ne pouvait compter pour telles les figures de papier tapissant les murs de la base ? Il y avait là, découpées sur des affiches ou dans des illustrés, de jolies moissonneuses d'Ukraine, des trayeuses joufflues du Caucase, de sculpturales lanceuses de javelot, des aviatrices intrépides, les mèches volant au vent des hélices. On trouvait même une icône de sainte Olga, placée par Vadim en tête de son lit pour devenir la première chose qu'il verrait, chaque matin au réveil.

— Alors ? s'impatienta le tractoriste. Elle est comment ?

— Eh bien… Anouchka est très belle.

— Très belle, répéta Vadim comme à la messe.

— Elle n'est pas très grande, mais bien faite. Elle a… des cheveux blonds comme le lin, avec une tresse enroulée en couronne autour de son chignon. Quand elle sourit… euh. Ses dents blanches brillent au soleil.

Le chapelet roulait à toute allure entre les mains de Vadim, comme aux doigts d'un saint en extase. Ce portrait convenu le ravissait au-delà des mots.

— Quoi d'autre ?

— Ses joues portent des fossettes en demi-lune et ses yeux sont bleu turquoise, comme… voyons. Comme les plumes du martin-pêcheur.

— Mais ses tétons ? Tu as vu ses tétons ? fit Vadim qui titillait un grain de buis entre deux doigts.

— Et comment les aurais-je vus ?

— Tu les as vus ou pas ?

— Non… imbécile ! Qu'est-ce qui m'a pris, de te donner satisfaction ? Allez, va tripoter ton chapelet, j'ai mieux à faire !

D'émotion, Vadim lâcha le rosaire, qu'il ramassa sur le sol mouillé et essuya contre sa jambe de pantalon.

Ça l'agaçait d'être aussi sensible, quand on parlait des femmes. Il n'avait qu'une façon, alors, de garder contenance : c'était de saisir une poignée de neige s'il se trouvait dehors, une bûche s'il était dedans, et de la tenir un peu dans sa main. À travers ce petit morceau d'arbre ou de congère, la nature tout entière lui prêtait sa force. Vadim se rangeait volontiers du côté de l'ours, du morse ou du sapin de Sibérie, des êtres simples et forts qui ne maniaient pas le langage mais s'imposaient à tous par leur stature.

Cette fois, le tractoriste tendit le bras vers le hublot et la tempête qui mugissait au-dehors, comme s'il invoquait les éléments déchaînés.

— Ton rapport, voilà où il va finir... Le blizzard n'en fera qu'une bouchée.

— Plus tu m'interromps, plus ce sera long, Vadim.

Le criminel sentit qu'il se trouvait à court d'arguments. Et puis, ça pouvait lui nuire d'embêter le chef. Sa mauvaise humeur, il la vida dans un grand coup de talon sur le sol. Le choc fut tel qu'il ébranla jusqu'aux lits superposés, à l'autre bout de la pièce, dont les montants métalliques propagèrent l'onde aux dormeurs.

Ce séisme de petite magnitude réveilla Igor, qui enroula le bonnet sur son front en dénudant des joues blêmes. Les côtes de laine rêche y avaient creusé des sillons, cannelures roses sur le fond clair de la peau. Il tendit la jambe vers la couchette du dessous et réveilla Dimitri du bout des orteils.

Juste à temps, Anton avisa le cadavre mutilé, bras ouverts au pied des couchettes, sinistre trophée de chasse à l'homme. Il décrocha prestement un manteau qu'il jeta sur le cadavre.

— Qu'est-ce qui s'est passé, ici ? bâilla le glaciologue en descendant l'échelle du lit.

La capote militaire était de taille à couvrir le mort mais, à cause de la hache debout qui soulevait le feutre kaki, les bords restaient à découvert. On voyait du sang s'étaler sous le manteau, les pans trempaient dedans et l'absorbaient comme un buvard. Igor en équilibre sur le dernier barreau allongea la jambe et atterrit à bonne distance du paquet par terre.

Dimitri n'avait pas bougé. Lui non plus n'osait pas poser les pieds au sol. Le jeune poliarnik se livra à d'étranges contorsions pour quitter sa couchette. Il demanda si l'on débitait un quartier de bœuf – traîner les carcasses gelées dans le foyer, c'était parfois le seul moyen d'y tailler des biftecks.

Loubachev ne laissa pas le malentendu s'installer :

— Nikolaï est mort. Vadim l'a abattu d'un coup de hache.

— Il avait triché ! plaida le tractoriste.

Les ingénieurs tournaient autour du cadavre sans oser soulever le manteau. Ils finirent par s'asseoir, en posant exprès leurs chaises loin de Vadim. Cependant, l'exiguïté des lieux compliquait ce genre de manœuvres. Ça n'était pas simple de s'isoler dans une pièce grande comme un wagon de marchandises, ni de s'encoigner dans un espace dont tous les angles étaient remplis.

En remuant des caisses, les ingénieurs parvinrent à mettre trois longueurs de jambe entre eux et l'assassin. C'était le mieux qu'ils pouvaient faire, dans cette configuration.

Vadim ne put réprimer un sourire devant cette bouderie de cour d'école : Igor et Dimitri assis bras croisés, l'air sévère, dos aux hublots ; Anton toujours à sa table, noircissant le papier tel un greffier de tribunal.

Ça n'allait pas bouger de sitôt, devina le criminel qui souleva une fesse, puis l'autre, et s'absorba dans la contemplation de la neige à travers les carreaux.

2

La station de recherche scientifique Daleko ne figurait sur aucune carte, publique ou secrète, du continent antarctique.

Les rares plans à disposition n'étaient que des ébauches d'une terre distante et méconnue où l'homme venait seulement de prendre pied. À l'état de brouillons, de griffonnages sur un bout de papier, ces documents ne renseignaient personne. C'était, sur le grand vide blanc de l'immense terre australe, une réunion de points tremblants, de lignes à peu près, de traits de côte levés à vue comme sur les cartes anciennes, et des uns aux autres des distances si mal jugées qu'il aurait fallu, pour tomber juste, peut-être ajouter ou soustraire un zéro.

Comme celles d'autres nations, les cartes soviétiques étaient grossières, plombées d'erreurs et d'approximations. Mais un tracé y figurait, absent des versions françaises ou américaines : cette ligne pointillée, issue de la mer de Davis, qui traversait les terres de Wilhelm II et de la reine Mary en direction du pôle Sud géomagnétique. Elle marquait l'avancement vers l'intérieur du continent d'expéditions têtues et presque suicidaires, une par an en moyenne ; des expéditions menées à grand renfort d'hommes, à grands débours de matériel et de carburant, pour accomplir le rêve d'une colonie permanente en Antarctique.

Cette ligne était jonchée de cadavres sans sépulture et de machines, crevées elles aussi, que le gel intense pétrifiait à l'endroit du dernier tour de roue – chacune de ces épaves érigeant sa propre statue à la gloire d'une prouesse ignorée. Il y avait là des hommes qui avaient marché dix kilomètres après l'abandon, sur le bord de la piste, d'un engin à chenilles qui en avait roulé cent.

La ligne pointillée reliait la base littorale de Mirny à celles de Pionerskaya, Komsomolskaya et Vostok sur la calotte glaciaire. Une branche adventice desservait Sovietskaya, station étape sur la route du pôle d'inaccessibilité.

C'est à la pointe de ce dernier rameau qu'une étoile tracée au feutre rouge situait la base Daleko. Sa position réelle pouvait bien être à deux heures de ski dans une direction quelconque mais enfin, Daleko était notée sur la carte et c'était déjà ça. Les avions pouvaient mettre le cap dessus et les équipes au sol – les rares à s'aventurer dans ces solitudes – repérer cette moucheture, d'un brun cartonneux sur la neige étale et blanche, en balayant l'horizon avec leurs jumelles.

Que la base existât, à l'emplacement marqué par l'étoile ou pas très loin, était un fait peu contestable. Sa mission, en revanche, restait mal définie. Le personnel de Daleko formait un drôle d'assortiment, vestige de l'expédition de dix-huit hommes envoyée en décembre 1958 planter le drapeau rouge au pôle d'inaccessibilité, et dont la plupart avaient plié bagage après seulement douze jours, une fois bouclées leurs expériences de magnétisme et de sismologie.

Tous étaient repartis sauf, donc, cinq volontaires chargés par le Parti d'affirmer la présence russe dans cette région où, pourtant, n'était recensée aucune vie humaine. Un géologue, un glaciologue, un chauffeur-mécanicien et un tractoriste composaient le petit groupe, suffisant néanmoins pour faire fonctionner la station. S'y était adjoint, tardivement, le botaniste Anton Loubachev qui en avait pris la tête.

C'est presque par hasard que ce spécialiste des mousses aquatiques, bon connaisseur des bryophytes du type *Pottia heimii*, assumait le commandement de la base. Puisqu'on ne trouvait ici, sur l'immense calotte glaciaire, ni fleur à cueillir ni lichen à prélever, Anton aurait tout le temps d'écrire les rapports requis par l'administration : telle était l'idée des recruteurs du Comité interdépartemental pour la Recherche antarctique. Et puis, Loubachev avait déjà conduit des expéditions botaniques dans la péninsule de Kola, à l'inverse de ses camarades toujours nommés, eux, à des postes subalternes.

En pratique, il avait fallu du temps au nouveau chef pour asseoir son autorité. Cette promotion ne répondait ni au parcours assez quelconque de Loubachev, ni à ses brefs états de service dans les expéditions australes. Pourtant il percevrait un meilleur salaire, jouirait d'un matelas plus épais et de rations de nourriture plus riches... De quel droit ? Des rumeurs de favoritisme avaient circulé, avant qu'Anton pût faire la démonstration de ses talents.

Au cours du premier hivernage, alors que le lit près du poêle suscitait tant de convoitise, Loubachev avait mis au point une rotation des couchettes qui garantissait à chacun au moins une nuit au chaud. Les poliarniks l'avaient rapidement adoptée. C'était la meilleure chose arrivée à Daleko, déclara Igor, depuis l'ouverture de la station.

Le système fut alors étendu à d'autres aspects du quotidien, par exemple aux repas. Les patates formaient avec les conserves la base de l'alimentation. À tout propos, des querelles s'élevaient sur le partage des tubercules, untel accusant tel autre de confisquer les plus beaux spécimens, un troisième se plaignant qu'on lui laissât les pires, vieilles boules de peau flétrie hérissées de germes. Là encore, Anton fit preuve d'un grand discernement : il découpa les patates en tranches de façon que chacun pût goûter aux meilleurs morceaux, s'il tolérait de mâcher quelques bouchées infectes.

Mais c'est surtout son sens de la communauté qui lui valut l'estime générale. Anton n'acceptait aucun régime particulier mais exigeait, au contraire, d'être traité comme ses camarades. Le botaniste avait occupé certaines nuits des couchettes blanchies de givre, et dîné certains midis de patates verdies au goût acide. C'est ainsi, en renonçant aux avantages de son statut, qu'il gagna réellement sa carrure de meneur d'hommes.

Au poste de chef, Loubachev savait ce qu'on attendait de lui. Ses coéquipiers, beaucoup moins. Vadim, Nikolaï et Dimitri avaient signé des contrats qui ne leur assignaient aucune fonction précise, ni ne détaillaient le travail à fournir. Seul Igor avait reçu l'ordre explicite d'« opérer le sondage sismique de la calotte, déterminer la densité et la température des différentes couches de glace et établir la profondeur du substrat rocheux » : des objectifs sans rapport, hélas, avec l'équipement mis à sa disposition.

Les quatre hommes avaient apprécié, au début, d'avoir les coudées franches. Peu de chercheurs soviétiques jouissaient d'une telle liberté. Mais, avec le temps, ils avaient connu les inconvénients d'un mandat trop lâche.

À tout homme, il faut le matin une bonne raison de se lever, de quitter le nid douillet des couvertures pour les chocs et les frictions du monde extérieur. Eux n'en avaient pas. Qu'ils paressent au lit, une cigarette aux lèvres, ou se lancent dès l'aube dans des travaux de science, c'était égal. Personne ne leur tiendrait rigueur de passer la journée à plat, ni ne les féliciterait d'œuvrer à l'avancement de leur discipline.

Une tâche pourtant les requérait absolument. Une tâche dont le Comité contrôlait la parfaite exécution sur des photographies, prises au début de chaque mois quelles que soient la météo et, notons-le, la visibilité parfois réduite à la longueur du bras. Les tirages, produits sur place, venaient grossir une collection de douze clichés – pour les douze mois de l'année – qu'on archivait une fois complétée. Certaines images, réalisées lors de tempêtes de neige, étaient toutes blanches. Seules alors les authentifiaient la date et la signature du chef de base.

Cette corvée obligatoire, ce travail indispensable et dûment vérifié, c'était la toilette du buste en plastique de Vladimir Ilitch Lénine qui coiffait la station, ses petits yeux inquisiteurs tournés vers le nord-est, à 22,5° précisément, dans la direction de la mère-patrie. Pas question que la neige souillât la statue grandeur nature, qu'elle blanchît ses épaules ou, pire, casquât de flocons son crâne dégarni. Le premier devoir des résidents était d'en prendre soin afin que le portrait du révolutionnaire, au sommet de la grande cheminée, siégeât là pour l'éternité.

Hormis ce coup de chiffon quotidien, les poliarniks n'avaient positivement rien à faire – rien du moins dont il fallût rendre compte à l'administration qui les payait. On leur demandait juste de se garder en vie, donc de nourrir le poêle, de cuisiner les provisions, de traiter leurs engelures avant qu'elles n'entraînent des blessures plus graves ; bref, d'entretenir Daleko et de veiller sur eux-mêmes.

Jusqu'à quand ? s'interrogeaient les poliarniks dont le contrat, pas plus qu'il n'expliquait leur mission, n'en fixait le terme. Ils l'ignoraient. Aucune date n'apparaissait dans leur acte d'engagement, bien qu'une ligne pointillée figurât à l'article IX, sous l'intitulé « durée du contrat » – hélas, le champ à remplir avait été laissé en blanc.

Daleko ne bénéficiait pas des relèves saisonnières, en vigueur sur les stations de la côte – trop loin, trop cher. Quant au rapatriement définitif de tout le personnel, ça ne semblait pas non plus au programme des semaines à venir – trop loin, encore plus cher.

« Vous étiez volontaires », lui répondait-on chaque fois qu'au nom de tout le personnel, Anton Loubachev s'enquérait poliment de leur retour en terre russe. « Vous touchez double salaire, plus la prime de froid et la prime d'éloignement ! Quand vous rentrerez à la maison, les années passées à Daleko compteront triple pour votre avancement, et les plus âgés d'entre vous pourront postuler à la médaille des vingt ans de services irréprochables. De quoi vous plaignez-vous ? »

Les autorités convenaient, certes, qu'il faudrait évacuer

la station quand les vivres seraient épuisés, mais les stocks demeuraient abondants. On ne voyait pas de raison d'abandonner Daleko. Son étoile rouge brillant au centre de l'Antarctique avait une grande valeur : elle prouvait l'excellence du savoir-faire soviétique dans l'exploration des régions froides, et l'endurance non moins héroïque du citoyen russe à ces conditions extrêmes.

Quel pays n'aurait été flatté d'avoir son ambassade au pôle d'inaccessibilité ?

04.01.1961

Au lendemain du décès de Nikolaï, les quatre colons eurent le même sentiment : rien ne serait plus jamais comme avant à Daleko.

Il y avait eu mort d'homme. On ne se rappelait rien d'aussi notable dans les dernières années, sauf peut-être, en février 1959, l'apparition de cet oiseau pêcheur, un *skua* venu de la côte qui s'était perché un instant sur l'antenne radio avant de reprendre son vol inexplicable, à mille kilomètres et plus de son nid ou d'un quelconque banc de poissons. C'était le premier animal vivant qu'on rencontrait depuis le départ de l'expédition et, pendant des semaines, les poliarniks n'avaient parlé que de ça. Vadim voulut fabriquer un perchoir, mais Anton parvint à décourager ce projet insensé. Un oiseau était passé, certes. Mais les chances que d'autres se présentent étaient moindres que de voir atterrir un ange sur le toit du baraquement.

Le meurtre de Nikolaï était du même ordre, aussi imprévisible, et semblait annoncer de grands changements dans la vie de leur petite communauté.

En sa qualité de chef, Loubachev prit aussitôt les choses en main. Ce crime lui dictait de nombreuses tâches qu'il comptait remplir l'une après l'autre, sans céder au découragement ni s'abandonner au désordre. Il convenait, bien sûr, d'informer la famille et d'avertir les autorités. Mais, avant toute chose, Anton voulait reloger les protagonistes du meurtre. Les trois innocents ne pouvaient décemment dormir sous le même toit qu'un cadavre et un criminel en activité.

L'assassin et la victime posaient un problème d'intensité égale, quoique de nature différente.

Le cas de Nikolaï était moins simple qu'il n'y paraissait. La base n'avait pas d'infirmerie et, si elle en avait eu, un cadavre couché sur la civière s'y serait mal conservé. Pas question non plus d'envisager l'inhumation, dont la mise en œuvre présentait les mêmes difficultés qu'un forage profond dans la glace et qui, d'ailleurs, exigeait l'aval de Moscou. Une enquête pouvait être ordonnée, la police dépêchée sur place pour examiner le corps : dans cette hypothèse peu réaliste, mais concevable, il fallait garder l'accès au cadavre. On l'aurait perdu de vue dès la fosse comblée, car telle était la règle du continent blanc que tout s'y effaçait, s'y dissolvait irrémédiablement.

C'était une autre solution que défendait le bon sens, et qu'on adopta pour finir : emballer le corps dans du papier d'aluminium, une fourniture qu'on stockait ici en abondance, et l'allonger dans le cellier grand froid où sévissait au meilleur de l'année une température de vingt-cinq à trente degrés sous zéro. Ainsi fut fait.

La momie métallisée se rangea entre deux énormes sacs de betteraves et se trouva comme les tubercules, en une nuit, gelée à cœur. On n'avait pas suivi l'avis de

Dimitri, le géologue mais aussi le cuisinier de la base, qui suggérait de pendre Nikolaï au râtelier des jambons – un vrai gain de place mais une « terrible indignité », objecta Loubachev.

Avant de remiser le corps du chauffeur-mécanicien, il fallut bien retirer la hache qui lui traversait la figure et que le fantasque Vadim, dans un geste qu'on ne s'expliquait pas, avait décrochée pour la replanter un moment plus tard, encore plus profond ; c'était comme s'il avait frappé deux fois sa victime.

Anton s'en chargea. Il travailla d'abord avec tact et délicatesse, tirant à petits coups sur le manche puis, comme ça ne venait pas, employa la manière forte. Un craquement terrible se fit entendre quand le fer se dégagea des os et des cartilages de la face. Cela rappelait les fractures des glaciers sur la côte, travaillés sourdement par la tectonique d'énormes masses d'eau gelée qu'ils charriaient vers la mer. Il arrivait qu'en pleine nuit, une crevasse s'ouvrît avec ce même bruit, organique et mouillé, qui s'entendait à des kilomètres.

Le chef restait la hache à la main. Des esquilles, des bouts de chair rouge adhéraient au fer qu'il décolla un à un, en aspirant ses joues. Dimitri se détourna pour cracher. Quand la hache fut nettoyée, Loubachev consulta les visages autour de lui, tous sauf celui de Vadim que son regard survola sans s'arrêter.

— On en fait quoi ?

— On la jette, que veux-tu qu'on en fasse ? réagit Igor. On la brûle dans le poêle ! Bon débarras ! Cette hache est maudite, qui voudrait encore y toucher ?

— C'est la seule que nous ayons. La seule qu'il nous reste.

Le chef considéra le fil du merlin, maintenant propre et luisant. Une tache de sang souillait encore la tête qu'il essuya avec sa manche et un peu de salive. C'était leur dernière hache encore en état, maintes fois rafistolée à la colle et au ruban adhésif, si souvent passée à la pierre, aussi, que le fer avait diminué du tiers. Anton poursuivit dans un soupir :

— Avec quoi va-t-on fendre les rondins, si nous n'avons plus de hache ?

— Qu'est-ce que tu proposes ?

— Eh bien, la ranger avec les autres outils. Nous tâcherons d'oublier à quoi elle a servi.

— Il n'en est pas question, chef.

Au fond, les poliarniks en voulaient à Vadim d'avoir empoigné une hache pour tuer Nikolaï, quand se proposaient alentour tant de couteaux ébréchés, de pics à glace tordus, et même une caisse entière de clous à semelle ou tricounis. Vraiment, pourquoi choisir un instrument aussi utile, aussi précieux qu'une hache ? N'était-ce pas très égoïste ?

Ce geste insensé les fâchait presque autant que le forfait lui-même.

— Il faut la garder. Si la police veut jeter un œil, je veux dire... C'est l'arme du crime !

Le meurtrier en personne venait d'émettre une opinion. Les trois colons n'en croyaient pas leurs oreilles. Les regards se tournèrent vers l'assassin qui se donnait bonne figure, penché sur la hache avec les autres et l'examinant du même air, son gros index tapotant sa lèvre inférieure comme s'il réfléchissait à une solution.

Ces façons, et certain accent d'ironie qu'il avait cru entendre dans les propos du tractoriste, firent sortir Igor de ses gonds. D'un geste brusque, il empoigna Vadim par le col et le poussa en arrière, sans parvenir à ébranler la lourde carcasse du meurtrier. Ce fut à peine si décolla du sol la pointe de ses semelles. Autant chavirer une locomotive.

— Comment oses-tu, ordure ? Après tout le mal que tu as fait !

— Eh ! Je donnais simplement mon avis !

Mais les pouces d'Igor avaient glissé du pull à la gorge, qu'ils enserraient de toute leur force malgré la barbe.

— Lâche… fit Vadim d'une voix étranglée.

Le tractoriste avait de la gêne à respirer. Il lança aux deux autres un regard de détresse qui n'atteignit personne. Dimitri détournait exprès les yeux. Anton, près du hublot, frottait la hache contre sa botte pour apaiser une démangeaison.

Alors, d'un rapide balayage de son avant-bras, Vadim rompit la prise d'Igor et arracha son bonnet qui vola à l'autre bout de la pièce. Le glaciologue tomba à genoux en hurlant qu'il lui avait cassé le poignet. On voyait rarement son crâne, qui apparut très blanc sous la chevelure rare.

Au même instant, Loubachev surgit au milieu de la pièce. La hache qui pendait sur sa jambe se dressa toute droite, dans la posture non plus de l'objet porté mais de l'arme brandie. L'intention, cependant, n'était pas claire. Car si le fer menaçait bien le groupe, il ne visait directement personne. Aurait-on tiré une ligne depuis sa pointe oscillante, elle aurait traversé un hublot et se serait perdue dehors. Peut-être le chef voulait-il impressionner les deux hommes, à moins que la hache se fût levée par automatisme, comme bascule l'aiguille d'un cadran quand du courant est détecté.

Vadim fut seul à voir le geste de Loubachev.

— Tu la tiens comme une fille ! ricana-t-il.

Igor, toujours à terre, massait son poignet endolori. Bonne âme, Vadim lui tendit la main pour le relever. Mais le glaciologue la repoussa et se mit seul debout. Il alla ramasser son bonnet qu'il s'enfonça jusqu'aux sourcils d'un air presque martial, comme le soldat plaque le casque sur sa tête. Ses yeux brillaient intensément entre les grosses côtes de laine, tels des feux aux créneaux d'une muraille.

— C'est une déclaration de guerre, Vadim Kotov. J'en fais serment : si le tribunal ne t'envoie pas au peloton d'exécution, c'est moi qui te ferai la peau !

— Essaie, pour voir.

— Du calme, messieurs ! intervint Anton en séparant les deux hommes qui marchaient l'un vers l'autre. La justice fera son travail, et personne ne le fera à sa place. Vadim sera jugé selon les lois russes et purgera sa peine au pays. D'ici là, nous devons lui trouver un coin où dormir. Il n'est pas question qu'il partage plus longtemps les couchettes du baraquement.

Le chef tenait la hache dressée entre Igor et Vadim, pour les garder à distance. Cependant, il dut plusieurs fois freiner le glaciologue qui revenait à la charge.

— Reste où tu es, Igor. C'est terminé.

Alors, ce fut au tour du meurtrier de décharger ses nerfs.

— Ah, pendez-moi, qu'on en finisse ! Ça suffit, à la fin, vos regards par en dessous ! J'en ai plus qu'assez, moi ! Je m'en vais !

Un instant plus tard, les trois hommes stupéfaits entendirent rouler la porte extérieure. On l'appelait « double face » parce qu'elle en tournait une vers le dedans, de grosses planches clouées, et tendait l'autre au froid le plus violent jamais connu sur terre.

— Où va-t-il ?

— Il n'y a nulle part où aller, fit Dimitri en relevant le col de sa veste. Il va revenir.

De l'air glacé filait dans l'entrebâillement. En quelques secondes, ce vent coulis avait amputé la température intérieure d'une dizaine de degrés.

— Qu'il aille en enfer ! s'exclama Igor. Bon débarras ! Chef, tu t'es montré trop tendre avec lui... Vadim n'est pas le genre d'homme qu'on apprivoise avec de jolies phrases. C'est une brute, un âne bâté ! Les coups de fouet, voilà la seule langue qu'il comprenne !

— Garde tes opinions, Igor. Je sais ce que j'ai à faire.

Leurs regards restaient attachés à la porte, massive et néanmoins vulnérable. C'était un feuilleté de métal, de bois, de plastique, de carton, large comme la main et qui épaississait d'une couche à chaque hiver ; on ne cessait de poser plaque sur plaque et le gel s'insinuait quand même, forçant les colmatages de plâtre ou de papier comme de frêles cadenas.

— Reviens ici, crétin ! soupira Anton.

Vadim reparut, en effet, tout tremblant des quelques foulées coléreuses qu'il avait lancées hors de la station. Le gel hérissait son pull-over de mille piquants d'oursin. Ses mains et les parties nues de son visage n'avaient plus couleur de chair ; la peau avait bleui et développait une texture étrange, comme si des écailles avaient percé l'épiderme.

On profita de cet affaiblissement pour l'asseoir sur une chaise et l'y ficeler avec un bout de câble.

Maté, le tractoriste leva des yeux hagards vers Loubachev qui le toisait avec sévérité. Ce regard, on en couvre l'animal turbulent qu'on s'est enfin décidé à punir.

— Tu ne me facilites pas la tâche, Vadim. Que va-t-on faire de toi ?

06.01.1961

En dessinant les plans de la base, l'administration avait prévu une unité d'habitation, un stock de vivres, une station météorologique, une remise à bois de chauffage, une citerne de fioul de vingt-six mètres cubes et même une piste d'atterrissage sur glace. Mais elle n'avait pas prévu de cachot.

Toutes les pièces, et toute la surface des pièces, étaient vouées à la satisfaction de besoins vitaux dont, à l'évidence, ne procédait pas la réclusion d'un criminel. On savait où manger, où dormir, où bricoler, et l'on s'arrangeait pour le reste... Mais personne n'avait pensé qu'il faudrait, un jour, mettre quelqu'un à l'isolement pendant plusieurs semaines.

Dans le domino bousculé que formaient ces conteneurs à même la neige, ces wagons sur leurs moyeux et ces carcasses de machines converties en vestiaires ou en atelier de mécanique, il n'y avait pas le moindre espace pour un logement individuel.

Si quelqu'un cherchait un peu d'intimité, il faisait

quelques pas dehors par météo favorable ou, par mauvais temps, tenait compagnie aux vivres dans l'un des deux celliers : le premier, à température ambiante qui pouvait tomber l'hiver jusqu'à moins soixante-dix degrés, congelait pour l'éternité de grosses découpes de viande ou de poisson dont le déglaçage à la chaleur du poêle prenait des jours ; il régnait dans le second, calfeutré avec soin, un douillet moins quinze degrés qui convenait aux récipients sous vide et, lorsqu'on en disposait encore, ménageait les produits frais importés de Russie.

C'est dans le cellier grand froid qu'on avait couché le cadavre de Nikolaï et dans l'autre qu'après mûre réflexion, on avait choisi d'installer Vadim.

Sous les étagères à bocaux et les rayons chargés de conserves, entre les armoires remplies de biscuits et de pains d'épices, quelques mètres carrés restaient libres. Ça ne permettait pas de déployer un vrai lit mais ça suffisait à loger une paillasse avec des couvertures, une lampe à pétrole, un gros livre (*Printemps montagnard* d'Alexandre Avdeenko) et l'icône de sainte Olga qui pendait près du prisonnier, nouée à un bocal de malossols. Vadim avait tenu à emporter la sainte image avec lui. Son séjour dans le cellier, croyait-il, serait plus doux en compagnie d'une femme.

Tout ce fourbi tenait à l'aise sur le matelas que le meurtrier, un après-midi de janvier 1961, avait roulé sous son aisselle et traîné dans la neige, sur la courte distance qui séparait le baraquement du magasin aux vivres. Il n'y avait pas dix mètres de l'un à l'autre, pourtant le tractoriste n'était arrivé à destination qu'au bout d'un quart d'heure.

Vadim se plaignait du poids de sa literie, qu'il reposait tous les pas ou presque dans un grand nuage de vapeur.

Il s'était agenouillé pour lacer sa chaussure gauche, puis la droite, pompant au passage la petite fiole de vodka glissée dans sa ceinture. Puis il avait fait demi-tour vers le baraquement sous prétexte d'aller aux commodités et, un moment plus tard, les trois hommes qui l'escortaient avaient vu sa face hilare s'inscrire dans un hublot – alors seulement, ils s'avisèrent qu'eux se trouvaient dehors et lui dedans ; en somme, il leur avait joué un bon tour.

— Ma parole, il se paye notre tête ! s'emporta Igor qui, pour ce court trajet, n'avait pas enfilé son manteau et gelait sur pied.

Vadim sortait du bâtiment quand il vit le chef venir à sa rencontre.

— J'arrive ! J'arrive ! Vous êtes bien pressés de me jeter dans cette glacière !

— Qu'on en finisse, Vadim. Tout le monde est fatigué...

— Ah ! Mais ce lit pèse une tonne !

Vadim grogna quelque chose d'inintelligible. Il avait bu, encore. Son haleine blanche empestait l'alcool et, tant ses gestes étaient mous, il dut s'y reprendre à deux fois pour soulever le matelas dressé contre la porte du foyer. Pourquoi l'avait-il rapporté avec lui, en se rendant aux cabinets ? Cette nouvelle ruse marcha très bien, elle aussi. Il fallut refaire tout le chemin, pendant lequel Vadim ne cessa de geindre, s'apitoyant à chaudes larmes sur la rudesse de l'existence, la sienne en particulier. Il semblait porter sa croix sur la pente du calvaire.

— Me faire ce coup-là, la veille de Noël !

— Comment ça ?

— Parfaitement ! C'est aujourd'hui le 6 janvier du calendrier grégorien, ou le 24 décembre du calendrier julien. Et ce soir, tous les Russes célébreront les vêpres du Noël orthodoxe. Tous, sauf moi.

— Les Russes rétrogrades, tu veux dire ? s'insurgea Igor. Dieu est détrôné, camarade ! De mes yeux, j'ai vu l'église de la Résurrection et de l'Archange-Saint-Michel, à Kassimov, transformée en caserne de pompiers.

— D'autres l'ont été en usines, en boulangeries ou en entrepôts, abonda Dimitri. Les vieilles superstitions n'ont plus cours.

— Tous les Russes, j'ai dit !

Le tractoriste se battit la poitrine, dans un élan de ferveur religieuse et de chagrin mêlés. Une pluie de cristaux se détachait à chaque coup des revers givrés du manteau.

— Tu prétends qu'on est le 6 janvier ?

Malgré le gel qui tissait une toile aiguë sur son visage, Loubachev s'arrêta un moment pour compter. Sa perception du temps s'était émoussée au point qu'il n'aurait su dire le jour ou la semaine. Voilà bien longtemps qu'à Daleko, personne n'avait plus détaché de feuillet de l'agenda mural. Le gros bloc illustré de fusées et de cosmonautes jaunissait quelque part, devenu bon à rien comme la pendule.

— Le 6 janvier, oui. Tu peux me faire confiance, chef. Chaque année à cette date, saint Théophane le reclus m'envoie des rhumatismes, pour rappel de ses propres souffrances. Ce sont des douleurs vives dans les articulations, qui s'allument le matin et s'éteignent le soir. Mais entre les deux, elles me mettent à la torture... Voilà pourquoi ce grabat est si lourd à porter !

Un certain flottement s'ensuivit. Le tractoriste en profita pour mendier du tabac à la ronde car il avait fumé, plaida-t-il, les derniers brins trouvés dans ses poches et même quelques fils de tissu qui donnaient un goût âcre aux cigarettes.

Les poliarniks ne se laissèrent pas attendrir. D'ailleurs, la provision de tabac se trouvait dans le cellier, Vadim n'aurait qu'à se servir. Dimitri attrapa un coin du matelas qui sillonnait la neige et aida Vadim à porter son fardeau jusqu'au bout.

Quand enfin la minuscule expédition parvint au magasin aux vivres, tout le monde sauf le meurtrier se trouvait au point de congélation. Les deux ingénieurs, qui avaient la constitution la plus faible et manquaient de gras contre le froid, claquaient frénétiquement des mâchoires.

— En voilà une escorte ! ironisa Vadim. Vous voulez entrer, pour vous réchauffer un peu ?

Ce fut la plaisanterie de trop. Igor ouvrit la porte d'un coup de botte et, comme il aurait jeté un gueux dans une oubliette, il précipita Vadim et son barda dans le cellier.

...

Un instant plus tard, les trois hommes se ruaient à l'intérieur du baraquement comme des assoiffés sur une flaque.

Premier arrivé au poêle, Dimitri voulut l'enlacer dans ses bras. Hélas ses muscles tout raides, vrillés comme des cordes sous la peau blême, ne suivaient plus sa volonté. Tandis qu'il tordait, incrédule, les bâtons glacés pendus à ses épaules, Igor, encore plus mal en point, frottait sa langue inerte sur les flancs du fourneau.

— Ça suffit ! cria Loubachev en les arrachant à la fonte brûlante. Vous allez vous blesser !

Le chef non plus ne sentait plus son corps, ou par morceaux – ici un coin d'épaule, là un bout de hanche –, au hasard du sang qui circulait et rendait la vie aux régions pétrifiées. La sensation était étrange. Ça faisait mal comme une plaie dont les fils ont craqué, et ça démangeait à la fois.

Même ensevelis sous des fourrures, les ingénieurs gardaient des gestes saccadés d'automate, et ne purent avant longtemps décoller leurs lèvres.

— Quelle température, dehors ? articula enfin Dimitri.

Loubachev s'approcha du cadran relié à la sonde extérieure et dut, comme chaque fois, gratter avec l'ongle la poudre de givre.

— Moins trente-neuf degrés.

— Et la nuit est encore loin. Il va se cailler, dans sa cabane.

— Il va crever, tu veux dire ! On le ramassera demain, aussi dur qu'un fossile. Il n'y aura plus qu'à l'étendre à côté de Nikolaï. Œil pour œil...

— Taisez-vous ! ordonna le chef.

De la même main dont il avait brossé le thermomètre, Anton éclaircit un hublot. Le cellier flottait dans un demi-jour laiteux, près de la citerne dont les rondeurs rappelaient le front bossu d'un cachalot. Un peu plus loin venait, moins nette encore, mais qu'on reconnaissait à ses antennes manchonnées de glace, la station météorologique. La brume près du sol donnait aux bâtiments une tournure irréelle et spectrale, comme s'ils n'avaient pas été consistants mais tissés de gaz faiblement colorés.

Le regard du chef s'arrêta sur le magasin aux vivres. Aucune lumière ne filtrait à travers les planches.

— La lampe... Vous avez rempli le réservoir ? Il a des allumettes ?

— Bien sûr, chef, répondit Dimitri. On a suivi tes instructions. Vadim a tout ce qu'il faut.

— Pourquoi n'éclaire-t-il pas, alors ?

— Il fait ça exprès ! C'est pour nous provoquer !

Loubachev revint au hublot, le front pressé contre la vitre. Combien de fois n'avait-il pas regardé au travers et vu ces mêmes choses, sous cette même neige dont variaient seulement l'épaisseur et la disposition ? La citerne, le cellier, le dépôt de bois, la station météorologique. Ou bien le cellier, la citerne, la station, le dépôt de bois. Ou encore la station, le cellier, le dépôt et ce grand tas de neige, jamais déblayé, sous lequel gisait leur autochenille Kharkovchanka hors d'usage.

À la longue, le regard s'usait comme s'use l'habit toujours soumis aux mêmes frottements. Une angoisse taraudait les colons : que ce décor vu et revu finît par s'imprimer sous leurs paupières, voilant à jamais l'image du monde. Certains jours, Anton aurait donné un rein pour la surprise d'une couleur ou d'un objet neuf – par exemple un coquelicot en fleur, surgi là, au sein du désert blanc.

Il tourna la tête. Toujours aucune lumière dans le cellier.

— Oui, vous devez avoir raison… admit Anton après un moment, car il n'avait plus le courage d'enfiler son manteau pour aller voir.

Les ingénieurs s'assoupirent côte à côte comme des enfants, leurs têtes roulant l'une contre l'autre. La couchette près du poêle s'incurvait à peine sous ces deux poids légers.

Pendant ce temps, Anton débarrassait les lits vacants des affaires qui traînaient. Depuis trois ans, les colons se plaignaient d'être à l'étroit et qu'ils dormaient sur des matelas trop minces, bousculés par leurs voisins d'en bas, d'en haut ou d'à côté. Et voilà que deux lits s'étaient libérés coup sur coup... Qu'allait-on en faire ? Le Comité recruterait-il de nouveaux volontaires ? Ou bien la station Daleko, qui avait déjà perdu la moitié de ses effectifs, finirait-elle de se vider ?

Le rangement des lits n'avait pas réchauffé le botaniste. Il fourra du bois dans le poêle : quatre belles bûches, le double de la ration ordinaire, et mania la tirette de réglage d'air pour forcer la combustion. Le feu prit gentiment, malgré les allumettes pâteuses et le journal humide.

C'était chaque fois une fête et une bénédiction, que l'éveil des flammes dans la pénombre glacée du baraquement. Sous cette lumière rouge qui tapissait les parois de tôle, la salle commune semblait transfigurée, douce et presque hospitalière. Elle méritait enfin le nom de « foyer » que lui donnaient, par nostalgie ou par dérision, les hôtes frigorifiés de la station polaire.

Seules de vigoureuses flambées parvenaient à desserrer un peu les mâchoires du gel. Une nouvelle bûche, c'était comme un coin qu'on insérait entre ces crocs redoutables. Voilà pourquoi, de toutes les corvées, l'entretien du poêle était la plus nécessaire et le poste de gardien de feu, chargé d'ajouter du bois quand les braises grisaient, le plus estimé sur la base. Les poliarniks l'occupaient à tour de rôle, jour et nuit, à la façon des marins qui assurent leurs quarts. De la vigilance du gardien dépendait la survie de leur petite communauté.

Anton, qui avait approché ses jambes trop près du poêle, les replia sous la chaise. À travers la porte vitrée rayonnait une clarté douillette, un peu rose, qui teintait les objets autour de lui. Le bord d'une casserole, le coin du meuble radio, la lèvre d'une cuvette en faïence s'animaient de lueurs dansantes. Les yeux d'Anton s'arrêtèrent sur la hache, que la flambée allumait aussi.

Loubachev n'avait pu s'entendre avec les autres sur le sort de l'arme qu'il avait, pour finir, accrochée à deux clous. Elle décorait le moyen qu'on avait trouvé de ne pas s'en servir sans la jeter non plus. Sur la même cloison brillait un vieux fusil, au canon tordu, qui n'avait pas de raison d'être sur ces terres sans gibier. Quant à l'échiquier taché de sang, on lui avait donné un coup d'éponge avant de le ranger sur l'étagère aux livres. Personne n'y touchait plus.

Cependant la hache lui rappela le meurtre, qui lui rappela le meurtrier, et Anton vida ses poumons dans un long soupir.

Tandis qu'il se prélassait devant l'âtre, Vadim, lui, se gelait au fond de sa cabane. Une pointe de culpabilité s'insinua dans son esprit. Il combattit l'envie d'y aller, d'offrir son manteau qui avait séché longtemps sur le tuyau et qui, sans doute, aurait soulagé délicieusement le supplicié. Mais non, trancha Loubachev en vidant le cendrier du poêle. Vadim avait tué, il devait expier. Ce confinement glacial était son châtiment.

Tout de même, Anton s'ébroua de la chaleur du feu qui lui faisait honte. Il ajusta la tirette de réglage pour contrôler l'appétit du fourneau. Combien de bûches déjà réduites en cendres ? Six ? Sept ? Elles brûlaient à toute allure et le chef songea, inquiet, que personne depuis des jours n'avait mesuré la provision de bois. Le tas ne lui avait pas paru si haut, quand il avait visité la remise. Une fraction des vingt stères de bûches larguées par avion, avant le dernier hivernage. En auraient-ils assez ? C'était Nikolaï, d'habitude, qui s'occupait de ces choses.

Sur le bureau reposait toujours le tas de papiers, près du porte-plume givré et de l'encrier telle une pierre noire. Anton glissa le rapport dans une enveloppe qu'il scella avec soin, puis il écrivit une adresse. L'enveloppe atterrit sur le châlit de Vadim.

À trois pas de distance, l'illusion était parfaite : un courrier, prêt à partir. Un colis auquel ne manquait plus qu'un timbre, bien que la poste la plus proche fût distante de milliers de kilomètres. « Destination Moscou. Au tarif express », murmura le chef qui, sans savoir pourquoi, laissa fuir quelques larmes.

...

Quand les ingénieurs se réveillèrent, le dîner était prêt.

Divers calculs et recoupements avaient persuadé Loubachev qu'on était bien à la veille de Noël, et il avait dressé une table de fête. À Daleko, une façon d'améliorer l'ordinaire était d'activer le poêle et d'enrichir les rations alimentaires – c'était d'ailleurs la seule.

Le chef avait fait de son mieux pour donner à son bureau, couvert du drap orphelin de Nikolaï, des atours de buffet princier. Il y avait là de vraies assiettes, de vrais verres et des couverts en métal qu'en général on n'utilisait pas pour s'épargner la vaisselle. Pas de sapin mais des bouteilles aux étiquettes dorées, une ou deux pleines, les autres vides pour le coup d'œil, dont la verrerie étincelait de mille feux.

Dans l'air presque tiède rôdait un fumet de chou et de champignons, à vous vriller les narines.

— Des pirojkis ? saliva Dimitri, penché sur le plat. Où as-tu déniché ça ?

— C'est une boîte. Je la gardais pour une grande occasion.

— Et quelle est l'occasion ? Vadim exilé dans le cellier ?

— Non, les vêpres de Noël.

La présence des petits pâtés était si invraisemblable que les trois hommes demeurèrent cois, admirant en silence la pyramide fumante qui trônait au milieu de la table.

Dans la lumière croisée d'une dizaine de bougies, la croûte d'or des chaussons, gonflés à point, rappelait le couvercle bombé d'un coffre au trésor. Des gouttes de sauce ruisselaient dessus, écus étincelants échappés du magot.

Dimitri n'attendit pas que les assiettes fussent servies. Il piocha le pirojki au sommet de la pile et mordit dedans, les yeux révulsés de plaisir.

— Vous me compterez celui-là, se pâma le géologue, la bouche encore pleine. Nous partagerons à égalité.

— Vadim aussi, alors ?

— Ah, Vadim… commença Igor, sans finir sa phrase.

Loubachev invita les deux hommes à s'asseoir. On prit place autour des pirojkis que les fourchettes entamèrent sur-le-champ, piquant au hasard et déclenchant des éboulements de pâtés dans la mare de sauce, en contrebas.

— C'est le plus beau jour de ma vie ! exulta le géologue.

Cependant, la mention de Vadim avait jeté un froid. Cela gâchait un peu la fête, de penser qu'il dînait de miettes pendant qu'ici, l'on se pourléchait de chaussons à la viande. Qu'est-ce qui avait pris au chef d'en parler ? Il n'aurait pas plus mal agi en nappant les chaussons de vinaigre.

Anton revint à la charge, vers la fin du repas. Le tas

de pirojkis avait diminué, et la question se posait d'adjuger les derniers. Loubachev s'essuya les lèvres et, de deux traits rapides de son couteau, divisa les chaussons restants en quatre lots.

— Pourquoi quatre ?

— Vadim mérite aussi sa part. Dans des années encore, on vantera les savoureux pirojkis du Noël 1961 à Daleko. Mais qui osera en parler devant lui, s'il n'y a pas goûté ?

— Dans des années, comme tu dis, Vadim croupira au fond d'un cachot ! Ou bien, on l'aura exécuté d'une balle dans la nuque !

— Tu n'en sais rien, Igor... Nous ne sommes plus au temps des grandes purges, quand un mot de travers ou un regard de côté pouvait vous envoyer au goulag !

— Le camarade Staline est mort, et beaucoup de choses ont changé en Union soviétique. Mais, Dieu merci, on sait encore y traiter les criminels ! De quoi parlons-nous, à la fin ? D'un faux en écriture, d'un vol à l'étalage ? Non, que je sache ! C'est un peu plus grave ! Nous avons un meurtrier, qui a ravi devant témoin la vie d'un autre homme !

— ... devant témoin ? cita Anton, la main en cornet autour de son oreille. Pourtant, je suis seul à l'avoir vu. Vous deux, vous dormiez.

— Et alors, chef ? Vas-tu nier, maintenant, que Vadim ait tué Nikolaï ? La hache se serait-elle plantée toute seule dans son crâne ? Ou peut-être Nikolaï, par inadvertance, aurait-il marché dessus ?

Igor croisait les bras, goguenard. C'est alors qu'Anton s'aperçut d'un discret mouvement de chaises, pendant le dîner. Celle du glaciologue avait migré du bout de la table vers le côté qu'occupait Dimitri, avec son assiette et ses couverts. Dans cette configuration, les deux hommes faisaient face au chef qui, sans voisinage, semblait sur la sellette.

— Je ne nie pas que Vadim ait tué Nikolaï, bien sûr, admit Loubachev.

Anton voulut mettre au vote son idée d'attribuer des pâtés au criminel. Hélas, une majorité des trois convives – Igor, puis Dimitri rallié à l'opinion du glaciologue – statua que non, décidément, Vadim n'aurait pas droit aux pirojkis.

Les ingénieurs firent néanmoins une concession, au sujet du bortsch servi avec le plat principal. Ils acceptèrent que l'assassin reçût sa part de potage, à condition qu'Anton se chargeât de la lui apporter et que Vadim, en contrepartie, allumât sa lampe dans le cellier. S'il continuait de faire sa forte tête, eh bien, tant pis, il n'aurait rien !

Le festin de Noël s'acheva dans ce climat glacial. Au propre, car personne ne surveillait le poêle dont les braises avaient refroidi. Au figuré aussi, après le rude désaveu du botaniste. Anton bouda les quatre derniers chaussons qui lui revenaient. Il n'avait plus faim, prétendit-il, mais chacun comprit qu'il laissait la part du tractoriste.

Loubachev avait jeté sa serviette chiffonnée dans l'assiette et s'apprêtait à quitter la table quand Igor le rappela. Il remplit même son verre, à ras bord – de sorte qu'Anton, s'il l'avait soulevé, aurait fatalement répandu du liquide. Était-ce exprès ? Pour le soûler, pour le tourner en ridicule ? Il refusa de boire.

— Écoute-moi, camarade, commença Igor avec une solennité inhabituelle. Je ne te l'ai jamais dit, mais je n'apprécie pas la façon dont tu diriges cette station. Tu as passé la quarantaine, et ta carrière sans doute va sur sa fin. Ce n'est pas en Antarctique que tes travaux sur les mousses aquatiques attireront l'attention ! Mais Dimitri et moi, nous sommes jeunes, et nous perdons notre temps à Daleko. Ça fait deux ans que je n'ai pas regardé un échantillon de glace au microscope, ou que Dimitri n'a pas ramassé le moindre caillou ! Les appareils dont nous avons besoin sont cassés, faussés ou hors d'usage. Qu'allons-nous devenir ? Quand je pense qu'à Mirny, l'an dernier, une équipe russe a compilé les premières cartes du relief sous-glaciaire, ça me met en rogne !

— ... et dans la chaîne Horlick, à l'ouest, des Américains ont déterré des fossiles de fougères arborescentes !

— Et nous, qu'avons-nous fait, chef ? Qu'avons-nous trouvé ?

— Vous êtes libres de demander une nouvelle affectation, énonça Anton avec froideur.

— C'est fait, signala le glaciologue. Nos lettres sont prêtes. Et nous comptons bien que tu les joignes à ton rapport. La prochaine fois qu'un avion décollera de Daleko, nous voulons être à bord.

Loubachev opina sèchement. Il comprenait maintenant pourquoi son verre débordait d'alcool. C'était pour lui rendre plus douce la désertion de son personnel. Il s'obligea à avaler une croûte de pain pour dégourdir sa pomme d'Adam qui semblait s'être figée dans sa gorge.

— J'en prends bonne note, messieurs. Mais je vous avertis : si vous tentez quoi que ce soit contre Vadim, si vous sabotez la station et ses équipements, cela aussi, je l'écrirai dans mon rapport !

Un mauvais sourire tendit les traits d'Igor. Il tambourina de la fourchette contre son assiette, infligeant un terrible tintouin aux oreilles de tout le monde. Anton le pria d'arrêter.

— Chef, le Parti n'a que faire de tes menaces. Il s'en contrefiche, à vrai dire. J'ai des relations à Moscou, à Moscou et ailleurs. Des gens très influents me mangent dans la main. Si tu écris un seul mot contre nous, crois-moi, il t'arrivera des ennuis...

Le chef sentit que la tension culminait. Il l'éprouva physiquement, quand se raidirent dans son corps les muscles utiles au combat, ceux qui fermaient le poing ou pouvaient le projeter sur un adversaire. Sans qu'il eût rien décidé, ses doigts s'étaient rapprochés du couteau et frôlaient déjà le manche.

Cependant, la suite dépendait de lui. Soit il engageait la lutte, soit il acceptait un forfait humiliant, soit il cherchait l'apaisement. Ce fut cette dernière voie qu'emprunta Anton, au prix d'un terrible effort sur lui-même.

— Quoi que vous fassiez, nous avons encore des jours et des semaines à vivre ici.

— Bien sûr, chef.

— Nous sommes loin de tout, à Daleko. Loin et seuls. Ce ne serait pas seulement une erreur de nous combattre, mais un risque mortel. Des hommes dans notre position ne peuvent pas se le permettre.

— En effet.

— Alors, pour le bien de tout le monde, je vous demande de coopérer.

Les deux ingénieurs se consultèrent du regard. Anton avait gardé la main à plat sur le couteau, qu'il retira après un moment.

— C'est d'accord, fit Igor.

3

Quelques heures auparavant

Une bourrade dans les reins jeta Vadim au sol. Sa chute fut amortie par le matelas étalé sous lui. La porte claqua derrière eux deux, avec ce bruit maigre et osseux que rend dans l'air froid le choc des matières dures.

— Bonne nuit, Vadim ! fit une voix qui s'éloignait.

— Va te faire foutre !

Le tractoriste éternua dans la poussière soulevée, à l'odeur de sciure et de métal rouillé. S'avançant à quatre pattes, il tâta les contours de la litière qui avait pris sa place toute seule parmi les rayons du garde-manger. Ce fut ainsi qu'il retrouva la couverture, l'icône et le livre. La lampe en revanche avait roulé plus loin. Quand ses doigts la sentirent, coincée sous une étagère à bocaux, ils se couvrirent d'un liquide gras. Vadim flaira sur ses ongles le pétrole qui s'évaporait. Une fuite du réservoir.

— Merde ! Merde ! Allez tous vous faire foutre !

Il avait ramassé une boîte d'allumettes parmi d'autres babioles. Et s'il mettait le feu au kérosène répandu, s'il incendiait le magasin aux vivres ? Une jubilation méchante l'envahit à cette pensée. Déjà il approchait du grattoir la tête soufrée de l'allumette, quand se présentèrent à son esprit certaines difficultés. Il n'était pas sûr que l'huile de pétrole s'embrasât assez fort, ni que les étagères humides fissent un bon combustible. Et d'ailleurs, détruire le cellier était-il une bonne idée ? Que gagnerait-il à tout brûler, en ajoutant le crime d'incendiaire à celui d'homicide ?

Assis sur le matelas, Vadim prit une inspiration méfiante comme on goûte, du bout des lèvres, un plat très épicé. Le froid extrême donnait l'impression de s'empaler les narines. Quand il ouvrait ses poumons, c'étaient deux baïonnettes qui pénétraient en lui par ce double orifice et s'enfonçaient loin dans ses bronches. Il sentait sur sa peau, dans ses muscles, jusque dans la moelle de ses os l'agression du gel. Ça le piquait, le perçait, le cinglait, le griffait, le croquait de partout ; ça lui broyait les tempes et paralysait sa glotte, tel un glaçon coincé dans sa gorge.

— Je vais crever, moi, avec un froid pareil ! fit-il à haute voix, pour dégourdir sa langue.

Il se remit debout, s'assit, se releva encore. L'exercice répété trois ou quatre fois diffusa une douce tiédeur dans ses membres. Hélas, ça ne durait pas. À peine cessait-il de bouger, la chaleur se résorbait en un instant comme l'eau fuit dans le sable. D'ailleurs, se dépenser n'était pas sans risque, par un froid pareil. La sueur pouvait geler sous vos habits et vous charger d'une armure de glace. On aurait beau alors se couvrir, on ne se réchaufferait plus.

Vadim se rassit avec un soupir. Il considéra le matelas qui n'avait pas partout la même épaisseur. La litière s'amincissait vers les pieds et gonflait au contraire sur les côtés, là où son corps pesait le moins. Avec les années, la garniture s'était tassée à l'endroit des hanches, formant une petite cuvette. C'est dans ce creux, pour ne pas les perdre, qu'il venait de rassembler l'icône, le livre et la lampe, avec quelques objets glanés sur les étagères.

Cette espèce de bivouac lui convenait. Pour aujourd'hui, du moins. Il rangerait plus tard. Même s'il avait eu plus d'affaires, il les aurait laissées en désordre, comme on pose sa valise sans l'ouvrir dans une chambre de passage. En aucun cas, on ne devait croire qu'il s'installait.

Qu'aurait pensé Igor ou Dimitri, glissant un œil dans la remise, s'il avait vu Vadim étendu sur le matelas, bien bordé dans sa couverture, en train de lire à la lumière de la lampe ? Sans doute qu'il s'était résigné, qu'il acceptait son sort. Pas question.

Tout de même, il attrapa la couverture. De longues années au froid lui avaient appris comment s'entortiller dedans sans perdre le bénéfice du moindre pan de tissu. Quand le « paquet » fut fait, rien n'en dépassait que ses orteils recroquevillés et quelques mèches libres au sommet de son crâne, aussitôt plaquées par le gel.

Les mailles de la laine étaient assez lâches pour qu'il pût voir au travers. Il remarqua qu'au bas de la porte, les planches mal écorcées, rongées par le sel à déneiger, laissaient un espace entre le sol et le vantail.

D'un ou deux doigts seulement, cette fente sous le seuil constituait une grave menace, ce que serait dans un rempart une brèche ouverte à coups de canon. C'est par là que le froid du dehors s'invitait dans la remise. On n'en avait aucune idée quand on venait ici chercher un sac de patates. Mais pour un homme dans sa position, couché au ras du sol, ce coulis d'air froid portait un péril de mort. Il boucherait le trou dès que possible, se promit-il dans un frisson.

Une goutte de résine avait suinté le long d'un bardeau. Le tractoriste fixa longtemps cette perle jaune, cristallisée à jamais dans une veine du bois. Elle avait coulé, un jour, dans un temps et un pays si lointains qu'ils semblaient irréels. Vadim s'efforça d'appeler sous ses paupières la vision enchantee d'une forêt au soleil, dans ses oreilles le friselis des feuillages, et même la plainte aiguë de la scie à ruban lorsqu'elle entame la grume. Il tâcha d'emplir son nez des effluves du bois séveux. Hélas, rien de tout cela ne revint. Il avait oublié. Le froid, qui scellait ses yeux et ses oreilles, avait confisqué les dernières sensations de son corps.

Même enroulée avec soin autour de ses membres, la couverture le protégeait mal. Au moindre geste, s'il changeait de position par exemple, les vêtements glissaient et découvraient sa peau : aussitôt, les régions nues subissaient les assauts du gel.

Vadim n'avait pas le choix. Il devait bouger, ou il allait mourir. À contre-cœur, le tractoriste commença l'aménagement de sa litière. Ce fut d'abord une pile de conserves qu'il échafauda pour surélever la lampe ; une autre, plus basse, qu'il établit à portée de main pour y poser *Printemps montagnard*. Avec un sac d'avoine bien tassé, il modela une sorte d'oreiller, et se confectionna un couvre-pied avec la paille qui enveloppait des bouteilles. Pour finir, il arrangea la couverture sur le matelas comme à l'hôtel, en repliant la bordure sur la longueur d'un avant-bras.

L'ensemble n'était pas mal. Cet agencement donnait un semblant d'ordre à son nouveau chez-lui.

Cependant, Vadim n'arrivait pas à croire que cette resserre encombrée de sacs et de tonneaux deviendrait sa maison pour les semaines à venir. Vraiment, il allait dormir là ? Passer là toutes ses journées, et toutes ses nuits ?

Le pire serait bien sûr l'hiver, quand les températures déjà glaciales s'abaisseraient encore d'une trentaine de degrés. Vadim ne concevait pas qu'un homme pût survivre dans cet abri de planches, alors que sévirait dehors un gel à fendre les cailloux. C'était à se demander si, en le bouclant dans ce cellier, ses camarades n'avaient pas voulu tout bonnement l'envoyer à la mort.

Vadim en était là de ses méditations, pesant ses chances d'en réchapper, quand de la fumée monta à ses narines. Sa main plongea par réflexe dans sa poche, vers la boîte d'allumettes ; non, il n'en avait frotté aucune. Il n'osa pas ouvrir la porte mais se coucha devant, le nez sous les planches, là où le sel les avait grignotées.

Son flair ne l'avait pas trompé : l'air glacé qui s'insinuait dans la remise portait bien une odeur de brûlé. Quelqu'un avait nourri le poêle d'une, ou peut-être deux grosses bûches.

Cette pensée lui fit mal. C'était comme d'être écarté, enfant, d'un repas de fête. Comment admettre de grelotter dans ce réduit pendant que d'autres se gobergeaient autour du poêle ? Mais ce pincement au cœur devint palpitation violente, et presque infarctus, quand au dégagement de fumée se mêlèrent les délicieux effluves d'une cuisson au beurre. Cuisson de quoi ? Qu'est-ce qu'on pouvait bien mettre à la casserole et qui fleurait si bon, dans cette station polaire où l'on déjeunait, dînait et soupait avec des patates à l'eau et du poisson mal dégelé ?

Soudain, le pauvre Vadim eut une illumination :

— Des pirojkis... Ces salauds mangent des pirojkis à ma barbe !

D'émotion, Vadim bascula en arrière et tomba sur son séant. Tant de salive inondait sa bouche qu'il dut cracher à longs jets par terre.

Le tractoriste se précipita sur le « coffre au sucre », comme on appelait, dans le cellier, la cantine en métal rouge qui détenait les provisions de pain d'épices et de sucre candi. C'était, après les caisses aux alcools, celle qu'on veillait de plus près ; les travailleurs polaires prisaient les confiseries pour leurs précieuses calories. Le coffre était armé d'un cadenas que ses grosses mains broyèrent sans effort.

À l'intérieur, sous des bâtons de chocolat blanchis de vieillesse, il dénicha les pains d'épices qui avaient l'air de charges de plastic dans leurs emballages transparents. Il les écarta pour trouver ce qu'il cherchait, tout au fond de la cantine : des boîtes de pâte halva, au couvercle rouge émaillé de rinceaux d'or qui encadraient l'image d'un arc de triomphe.

Vadim dévissa la première. Sous l'effet du froid, la pâte au sésame s'était rétractée. Elle n'adhérait plus aux parois de la boîte mais nageait, galet durci, dans une flaque de jus poisseux. Sa couleur aussi avait viré, du blanc crème à l'ocre-jaune.

Malgré ce vilain aspect, Vadim savait que la pâte halva régalait ses camarades, surtout Anton dont c'était la friandise. À Pâques et lors des grandes fêtes, le chef avalait une boîte entière du bout d'une cuillère qu'il choisissait exprès petite, pour la joie d'y revenir.

Vadim s'emplit les poumons du scandaleux parfum des beignets rissolant dans la poêle grasse. Chaque bouffée avivait sa haine. Brusquement, il attrapa dix boîtes de halva et arracha les couvercles. S'il avait pu, il n'aurait fait qu'une bouchée de ces deux kilos de pâte au sésame. Mais les portions étaient gelées et devaient fondre sous la langue, comme du reste toutes les denrées stockées ici.

— Je m'en fiche ! J'ai le temps !

Et le tractoriste, assis sur une caisse, mordit dans un premier caillou de pâte halva aux graines de pistache.

...

Quand il eut mâché la dixième et dernière portion, Vadim aplatit les boîtes qu'il jeta dans un coin du cellier. Il n'avait pas la patience de lécher tout le jus et s'en oignit le visage, les chevilles et les mains comme d'un baume anti-froid.

Cette riche nourriture avait allumé un feu dans ses entrailles – un feu qu'il sentait lécher les parois dilatées de son estomac et ranimer un à un ses membres engourdis. C'était comme de revêtir une cuirasse, mais une cuirasse sous la peau. Le phoque et le manchot donnaient l'exemple, eux dont les organes s'enveloppaient d'une épaisse couche de gras.

Flanqué de ces milliers de calories comme de soldats sans nombre, Vadim avait moins peur du froid. Une idée folle lui traversa l'esprit : parader torse nu sous les hublots du baraquement. On l'aurait vu se rouler dans la neige, bombarder de boules blanches la statue de Lénine, chevaucher en sifflant la citerne de fioul. Un vrai numéro de forain des glaces qu'il aurait conclu d'un vigoureux bras d'honneur. Ah, quelle jubilation d'imaginer leurs têtes !

Quand même, Vadim se sentait un peu lourd après cette orgie de sucreries. Tant pis pour son numéro de cirque. Il se traîna vers le matelas et s'y laissa choir, s'y fit rouler plutôt, telle une barrique couchée sur le flanc qui oscille longtemps avant de trouver l'équilibre.

Malgré la légère nausée qui montait dans cette position, un grand sourire arrondissait son visage. Ce festin de halva était, somme toute, le premier plaisir qu'il avait eu depuis son bannissement. Un autre motif de satisfaction, incomparablement plus fort, était de frustrer le chef de son dessert favori.

Cet état de bien-être se prolongea quelques heures. Puis, de nouveau, Vadim sentit le gel attaquer ses jambes. Ce n'étaient pas les assauts d'une force hostile qui va et qui vient mais, comprit-il, le siège durable du froid autour d'un minuscule îlot de chaleur et de vie : son faible corps d'homme.

Au moindre relâchement, le froid reprendrait l'offensive. Il lui était défendu de dormir trop longtemps, de laisser ses pieds hors de la couverture ou même de fermer les yeux – le gel aurait tôt fait de souder ses paupières.

Sa situation semblait sans issue. Où qu'il regardât, Vadim ne voyait qu'une mort certaine, lente et douloureuse. Même s'il s'en sortait, s'il survivait au gel qui constituait le péril immédiat, son nom serait rayé à jamais des registres de l'administration. Qui dès lors se souviendrait de lui ? Sûrement pas Anton, ni Dimitri ni Igor, les derniers pourtant à l'avoir connu.

Vadim pressa ses pouces sur ses yeux, jusqu'à voir des étoiles. Il ondula des sourcils comme ce comédien qu'il avait vu à la télévision, interprète d'une divinité hindoue aux pouvoirs surnaturels. Dans le feuilleton, le dieu n'avait qu'à plisser le front pour dissoudre des planètes dans un rond de poussière ou, au contraire, les faire germer toutes bleues du néant. Hélas, quand Vadim relâcha sa propre grimace, rien n'avait changé.

Des physiciens discouraient sur la pluralité des mondes,

sur des univers multiples où se ramifiaient les existences. Dans tel de ces cosmos parallèles, Vadim n'aurait pas empoigné la hache, ou bien le fer émoussé n'aurait infligé qu'une entaille bénigne à Nikolaï, de celles qui surviennent tous les jours sur une base polaire, qu'on aseptise à la vodka et qu'on recoud avec de la ficelle à gigot. Dans une autre réalité, la partie d'échecs n'aurait même pas eu lieu : Nikolaï aurait eu la migraine ; il aurait manqué trop de pièces pour jouer. Ou alors, si les deux hommes avaient poussé les pions, la partie se serait soldée par un mat incontestable. Son adversaire n'aurait eu d'autre choix que de concéder humblement sa défaite.

Voilà quelles étaient, au dire des savants, les promesses inouïes des multivers. Mais Nikolaï, tombé dans cette histoire comme dans une trappe, sentait bien qu'il n'aurait pas le moyen d'en sortir. Il aurait beau se contorsionner dans la camisole rêche de la réalité, les liens résisteraient qui l'attachaient au monde et rendaient solidaire sa destinée d'un mauvais geste, de la rage et de la confusion d'un instant. Il n'y avait pas d'issue.

— Je suis fichu ! s'écria le tractoriste à haute voix.

Vadim sentit les larmes mouiller ses paupières, et se reprocha aussitôt cet accès de faiblesse. Pleurer était dangereux, par grand froid. Il s'infligea quelques taloches pour faire circuler le sang. Or les larmes continuaient de couler, telles ces pluies lassantes du Kamtchatka qui tombent des jours durant en noyant les volcans sous un rideau de gouttes uniformes.

— Fichu, fichu, fichu... répéta le criminel avec des hoquets dans la voix.

07.01.1961 – 09 h 45

Ce qu'était la nuit pendant l'été austral, par quatre-vingt-deux degrés de latitude sud : une pénombre nauséeuse ; un crépuscule arrêté dont on guettait la reprise, mais qui semblait suspendu pour toujours et maintenait êtres et choses dans un pénible entre-deux.

Il y avait assez de lumière pour gêner le sommeil, mais trop peu pour lire ou pour écrire – la clarté que donne une bougie finissante, derrière un voile de gaze ou un rideau de fumée.

Ce qu'était le jour ne valait guère mieux. Le soleil certes se hissait plus haut sur l'horizon, à hauteur de genou ou de hanche ; certes il s'élevait, en fournissant d'incroyables efforts comme s'il remontait une pente, mais jamais ses rayons n'envoyaient la moindre chaleur. C'était un feu froid, éteint au moindre soulèvement de la neige, dès que soufflait le vent.

C'est dans ce demi-jour qu'Anton, porteur d'une assiette de tartines beurrées que flanquaient deux saucisses fumantes, descendit le petit escalier à la sortie du baraquement.

Il s'arrêta à la porte du magasin aux vivres. Sur leur face extérieure, les planches étaient couvertes de givre ; le givre qui formait aussi, aux angles venteux du cabanon, de petites billes collées ensemble comme dans une gousse de poivre. Ces grappes attestaient que la température, pendant la nuit, était tombée sous les moins soixante degrés. « Quelle folie de l'avoir laissé là-dedans ! » frémit le chef qui heurta la porte.

Aucune réponse.

— Vadim, c'est moi ! C'est Anton ! Je peux entrer ? J'apporte ton petit déjeuner.

Son poing s'abattit, plus fort. Les vibrations décrochèrent des particules de givre ; le bois semblait s'émietter. Au quatrième coup, toute une rangée de petites stalactites se détacha de l'auvent. Une herse de glace s'abattit sur ses bottes.

Le givre saupoudrait aussi l'assiette qu'Anton renversa et secoua à l'envers, sans perdre les aliments. En quelques minutes, le froid avait cimenté le pain et les saucisses, devenus un seul bloc de nourriture vitrifiée. Le beurre sur le pain avait la consistance du marbre.

— Vadim, ça suffit ! Ouvre-moi !

Loubachev pressa son oreille contre les planches. Il n'entendit aucun bruit. Alors, il manœuvra la porte entravée par la neige, en forçant un peu.

Dans le cellier flottait une brume blanche, si dense que l'air s'y enroulait en tourbillons visibles. Anton ne voyait pas ses pieds. Il sentait néanmoins l'étreinte glacée des vapeurs, anneaux de fer enserrant ses mollets.

— Vadim ?

Un grand désordre régnait dans le magasin. Le chef repéra aussitôt le « coffre au sucre » béant, les boîtes de pâte halva semées un peu partout. De gros sacs avaient été remués, qui vomissaient par terre de l'avoine ou du riz. L'armoire à vodka avait cédé quelques flacons et des étagères gisaient en plaques de dominos, renversées les unes sur les autres. Anton songea, amer, qu'un ours affamé n'aurait pas fait plus de dégâts.

— Vadim ? Où es-tu ?

Ça faisait drôle d'appeler quelqu'un dans ce cabanon qui, d'une cloison à l'autre, ne devait pas toiser neuf mètres carrés. Même la plus créative des parties de cache-cache n'aurait pu fournir la moindre planque aux joueurs. Où donc Vadim était-il passé ? Et son matelas ?

Malgré la brume au sol, le chef reconnut un coin de la litière qui dépassait d'un tas de conserves. Il s'aperçut alors qu'une petite colline montait au centre de la pièce. Il y avait là des boîtes de tous gabarits, des sacs, des bocaux, des cartons, des bouteilles, tout un bric-à-brac d'épicerie qui formait un tumulus de près d'un mètre de haut. Ça n'avait pas l'air d'une pyramide organisée, plutôt d'une accumulation fébrile de ce qui vous tombait sous la main. Impossible d'en dénombrer les éléments, mais l'on pouvait estimer le poids de l'ensemble : au moins cent kilos.

— Si Vadim est là-dessous...

Loubachev posa l'assiette sur une étagère et se mit à déblayer le tas. Par hasard, le premier objet qu'il attrapa fut une bouteille, cul en l'air, qui résista lorsqu'il tira dessus. Quelle sorte de flacon pouvait ainsi se défendre ? Le chef tira plus fort, bientôt à deux mains, et fut stupéfait de dégager la face d'un homme, dont les lèvres avalaient le goulot jusqu'à l'épaule du verre. Il avait les yeux ouverts et tétait la vodka (le fond qui restait) avec avidité.

Toutefois, l'éclat dans ses prunelles n'était pas d'ivrognerie ni de plaisir, mais d'épouvante.

— Vadim... qu'est-ce que tu fabriques ?

Le criminel ne lâcha pas volontiers le flacon. Il refusa d'en décoller avant que le dernier trait d'alcool eût déferlé dans son gosier. Alors seulement, avec les gestes circulaires qui gardent le nageur hors de l'eau, Vadim se dégagea de l'avalanche de bocaux et de boîtes sous laquelle, délibérément semblait-il, il avait voulu s'ensevelir.

— Que viens-tu faire ici... chef ? Ramasser... mon cadavre, après cette nuit en enfer ? Non, tu vois... Je suis encore vivant.

Il titubait, était-ce d'ébriété ou parce que ses pieds roulaient sur d'autres bouteilles ? Anton tendit sa main que Vadim repoussa.

— Que me vaut... ta charmante visite ?

Vadim articulait péniblement et, là encore, on ne pouvait savoir si c'était sous l'emprise de l'alcool ou parce qu'autour de sa bouche, les muscles de l'élocution se seraient engourdis.

— Je t'apporte à manger.

Le tractoriste lorgna l'assiette posée sur une étagère.

— Reprends tes tartines. Je n'ai pas faim.

— Tu dois être affamé, au contraire. Hier, tu as sauté un repas.

Loubachev regretta aussitôt ce propos maladroit. Mais Vadim ne releva pas. Il s'était lancé dans un jeu de construction bizarre, édifiant le long du matelas des piles de boîtes, des remparts de bocaux, des alignements de bouteilles classées des plus aux moins remplies. Ses gestes saccadés trahissaient le manque de sommeil, cependant on sentait qu'il irait au bout. Au bout de quoi, d'ailleurs ? Anton comprit quand il vit Vadim ratisser la paille sous ses pieds : le tractoriste était en train de faire son lit.

— Je n'ai pas faim, répéta-t-il. Figure-toi que j'ai mangé tout mon soûl, pendant la nuit. C'était pour moi une question de vie ou de mort, comme d'avaler toute cette vodka. J'aurais crevé si je n'avais pas trouvé ces bouteilles. Avec la vodka, j'ai tenu le coup. On peut survivre des jours et des jours, sous cette perfusion-là... La vodka, la pâte au sésame, et toutes les boîtes entassées sur moi qui me tenaient chaud... voilà comment j'ai traversé ces heures de supplice !

Vadim roula des yeux mauvais vers le botaniste. Une paupière manœuvrait normalement mais l'autre restait à moitié close, jaunâtre, cireuse, virant au bleu sur la ligne d'implantation des cils. Déjà gelée, s'alarma Anton.

— Tu vas revenir dans le baraquement. Je vais parler aux autres. C'était une erreur, de t'envoyer ici. Une erreur et une folie.

— Trop tard, chef. Ce qui est fait est fait. Tu l'as remis, ton rapport ? Tu as appelé Mirny ?

— Oui, mais la radio marchait mal. Nous essaierons encore, tout à l'heure.

Soudain les traits de Vadim se durcirent. Son visage tourmenté devint un masque effrayant. Le froid et la colère y modelaient des reliefs anormaux – la vague écarlate des sourcils ; cette bosse au milieu du front, comme si une corne lui poussait sous la peau.

— Eh bien envoie-le, ton putain de rapport ! Et j'écrirai des lettres, moi, pour raconter comment l'on m'a traité à Daleko ! Pire qu'un animal ! Alors, ce sera votre tour d'avoir des ennuis !

— Pas besoin d'en arriver là, Vadim.

— Tu as peur, chef ? Tu as raison d'avoir peur. Si je survis à ça, parole, mon seul but dans l'existence sera de vous envoyer au goulag ! J'écrirai au procureur général de l'URSS, au secrétaire du Parti, au président du Comité exécutif, à l'Académie des sciences, à la Cour suprême, au camarade Khrouchtchev… à tout le monde ! Maintenant, fiche-moi le camp ! hurla Vadim en ouvrant la porte à toute volée. Toi et tes maudites tartines !

Vadim s'empara du plat sur l'étagère et le jeta dehors. Mais, parce qu'il l'avait lancée horizontale, l'assiette au lieu de tomber se mit à planer ; elle décolla littéralement, tel le palet d'un discobole, et vola quelques mètres avant d'atterrir dans la neige.

— Ça ne pèse pas bien lourd, mon petit déjeuner !

12 h 30

De retour au baraquement, Anton crut de son devoir de rapporter l'incident. D'ailleurs, Igor et Dimitri savaient déjà tout. L'emportement bruyant du meurtrier avait retenti jusqu'à leurs oreilles et, confia Dimitri, ils avaient été bien près de voler au secours d'Anton qu'ils croyaient en danger. Les deux hommes avaient assisté, incrédules, au lancer de l'assiette dont le chef venait de ramasser les débris.

Leur réaction fut telle qu'on pouvait l'attendre. Les jeunes ingénieurs s'étaient méfiés de Vadim. Après cet épisode, ce fut bien pire. Ils voyaient dans l'assassin de Nikolaï une menace mortelle dont on ne devait plus s'accommoder.

Igor surtout défendait la manière forte. En train de rincer les assiettes à l'entrée du chef, il abandonna la vaisselle pour s'emparer d'un couteau parmi les couverts essuyés. C'était un canif déjà usé, tout juste bon à étaler la compote. Mais son manche en corne lui donnait de l'allure et prêtait au glaciologue, qui l'avait glissé à sa ceinture, des airs de cosaque furibond.

— Qu'est-ce que tu fais avec ce couteau ?

— Je me défends ! Nous ne sommes pas en sécurité, ici ! Un fou rôde sur la base !

— Tu ne sais pas ce que tu dis. Vadim a passé une nuit terrible, il est presque mort de froid.

Igor traita cette remarque avec mépris. Il eut le geste d'épousseter son épaule gauche, dont s'envolèrent quelques poils de barbe.

— Si Vadim a eu froid, c'est bien sa faute. Il n'y a pas de place pour un criminel sur une station polaire. C'est une justice martiale qui doit s'appliquer à Daleko. Que fait un officier, quand un soldat sous ses ordres perd la raison et menace tout le monde avec son arme ? Il l'exécute sur-le-champ d'une balle dans la nuque, comme on abat une bête enragée. L'article 31 du règlement de 1926 sur les tribunaux militaires lui en donne le pouvoir. Voilà comment nous aurions dû agir, sans perdre notre temps en bavardages stériles. Au lieu de cela, nous offrons le gîte et le couvert à cet assassin et tu lui portes son petit déjeuner au lit, comme à un hôte de marque !

Igor courut à la porte et se campa bizarrement devant, la main gauche près du couteau. Il demanda à Dimitri de se poster au hublot pour faire le guet mais le géologue, troublé, fit non de la tête.

D'un coup, le chef prit peur. La situation devenait glissante, elle lui échappait. Si l'agencement des lieux l'avait permis, il aurait adossé sa chaise à la cloison pour éviter une attaque par-derrière.

— Je ne peux pas condamner Vadim. Ce n'est pas à moi de prendre cette décision. Pardon, Igor, mais ta comparaison avec la justice militaire est absurde ! Nous ne sommes pas en temps de guerre, que je sache. La cour martiale ne siège pas en Antarctique.

Le glaciologue pivota sur une jambe pour faire face à Loubachev. Sa main serrait le manche du couteau tandis que l'autre s'élevait dans un geste imprécatoire, un bras levé qui, à n'importe lequel de leurs compatriotes, aurait rappelé Lénine retour d'exil, haranguant la foule à la gare de Saint-Pétersbourg. Son bonnet, un peu relevé, dégageait sa calvitie qui accentuait la ressemblance avec le buste du révolutionnaire sur le toit du baraquement.

— Et les « mesures extraordinaires de protection de l'ordre révolutionnaire », tu en fais quoi ?

— Je ne sais pas de quelles mesures tu parles.

— Ignorant ! fit l'ingénieur en s'élançant vers les couchettes.

Quelque chose soulevait le bas de son matelas où tout le monde, depuis toujours, croyait enfouies des pâtes de fruit ou telle autre friandise clandestine.

Ce n'était qu'un tas de papiers dont le glaciologue tira un exemplaire défraîchi du « règlement sur les tribunaux militaires ». Quel homme avait ce genre de lecture dans une expédition au pôle ?

Igor parcourut la brochure et pointa un doigt enthousiaste sur l'article qu'il cherchait. Il l'aurait récité en entier, mais dut abréger sur un signe impatient des deux hommes. Quand il eut terminé, ses auditeurs eurent une mimique de satiété, joues gonflées, mains croisées sur l'estomac. Tout ce verbiage révolutionnaire à base d'« ennemis du peuple » et de « propagande anti-régime » devenait indigeste à beaucoup, même au sein du Parti.

Igor rayonnait, au contraire. Après l'avoir déclamé, il relut l'extrait du règlement pour lui seul, au comble du ravissement, comme s'il récitait son poème favori. Sous sa moustache inégale, ses lèvres articulaient des mots et se courbaient par instants dans un début de sourire. Alors qu'ils assommaient la plupart des gens, les textes de loi semblaient avoir sur lui une vertu dynamisante.

Après un moment, il replia la brochure qu'il plaqua contre sa poitrine, comme une chose très précieuse et très chère. Sa voix s'exaltait dans les aigus :

— N'est-ce pas un texte magistralement pensé, et écrit ? Ces mots sont comme ceux de Trotski. Ils secouent notre indolence et nous portent à l'action ! Il est temps d'agir, chef ! Nous n'aurons pas un instant de répit tant que Vadim sera en vie. Il est temps... *d'agir* !

L'accent particulier dont Igor avait chargé ce mot et sa main qu'il appuyait contre sa tempe, deux doigts repliés pour imiter un revolver, marquaient nettement ses intentions.

Outre le fusil au canon tordu, la base disposait d'une arme fonctionnelle, un pistolet semi-automatique Makarov 9 mm, le modèle qui équipait les forces de police d'Union soviétique. Rien, en théorie, ne justifiait sa présence à Daleko. Autant les explorateurs de l'Arctique russe devaient se défendre contre les redoutables ours blancs, autant leurs pendants antarctiques n'avaient aucune faune à combattre, ni guère à chasser. Si un pistolet se trouvait là et qu'il venait à servir, ce serait nécessairement contre un homme.

Pourtant, c'est Anton lui-même qui avait demandé à en armer la base. Il avait pratiqué le tir sportif dans sa jeunesse et se souvenait des dimanches passés dans des carrières, à faucher des rangs de bouteilles avec le vieux Nagant 1895 de son père. Il pensait que les scientifiques de Daleko prendraient plaisir, eux aussi, à mitrailler de la vaisselle, une activité de plein air qui changeait des jeux d'intérieur. En outre, le ciblage spécifique des flacons de vodka simplifiait la gestion des déchets de verre.

Mais bien sûr, Anton n'avait pas pensé qu'un dangereux criminel et des justiciers tout aussi menaçants lorgneraient un jour son pistolet d'ordonnance. Il s'en repentait à présent, comme il regrettait d'avoir mal rangé le Makarov : dans le tiroir du bureau, comme un banal presse-papiers. Si un malheur arrivait, hélas, ce serait un peu sa faute.

— Tu as un pistolet, non ? Un Makarov, c'est ça ? Ne nie pas, chef, tout le monde est au courant. Prête-le-moi. Je n'en ai besoin qu'une minute. Vous n'aurez qu'à détourner les yeux.

Loubachev détourna le regard, en effet, mais c'était pour fuir celui d'Igor qui le scrutait avidement. Sa main quémandait, tendue vers lui.

— Chef, une réponse ! Es-tu d'accord, oui ou non, pour donner à Vadim le traitement qu'il mérite ?

Igor le demandait comme il aurait prié un bout de savon pour frotter son linge. S'attendait-il vraiment à ce qu'Anton lui remît le revolver, et vouât sans sourciller leur camarade à la mort ? Ou bien, cherchait-il à le piéger ?

— Ma position n'a pas changé, déclara enfin Loubachev. Vadim doit être jugé en Russie par des magistrats compétents. Quant au pistolet, je ne peux pas te le remettre. Dans l'état où tu es, tu pourrais faire des bêtises.

Le glaciologue fit un tour sur lui-même, comme si l'espace avait soudain rétréci, en soufflant comme un fauve à l'étroit dans une cage. Ses yeux restaient braqués sur Anton.

— On faisait moins de manières, quand Andreï Vychinski était procureur général d'Union soviétique ! Des millions des nôtres ont fini au goulag pour avoir frémi du sourcil pendant un discours, ou médit des bolchéviques lors d'un dîner de famille !

— Calme-toi, Igor.

— D'une crapule comme Vadim, les tribunaux rouges n'auraient fait qu'une bouchée ! Et vous… vous !

— Quoi, nous ? intervint Dimitri. Tu nous aurais dénoncés, peut-être ? Tu nous aurais livrés aux rouges ? Allons, ressaisis-toi, Igor ! Tu deviens fou ! Moi, je suis de l'avis du chef. Quel que soit son crime, Vadim mérite un procès.

La trahison de son ami décontenança Igor. Il agitait encore le règlement au-dessus de sa tête comme une foudre prête à s'abattre quand, soudain, son poignet fléchit, ses doigts mollirent et laissèrent échapper la brochure. Elle tomba au sol en s'éparpillant. Les deux hommes l'aidèrent à ramasser les papiers qui avaient volé dans tous les coins. Le règlement retourna sous le lit et le couteau dans le tiroir à vaisselle.

Alors les esprits parurent s'apaiser, et l'on put s'asseoir à table. Igor, les yeux dans le vague, gardait le silence. Toute cette agitation l'avait affaibli, et il avait des frissons sous sa capote militaire. Dimitri, muni d'un jeu de cartes, le mélangeait pour s'occuper les mains.

Loubachev eut toutes les peines du monde à réchauffer l'ambiance. Comment les choses avaient-elles si mal tourné ? La faute à la vodka, soupçonna-t-il : non cette fois parce qu'ils en auraient trop bu, mais parce qu'ils n'en avaient pas bu assez.

Sa théorie voyait dans l'alcool un lubrifiant des relations humaines et, en particulier, le précieux dégrippant des antipathies. Or, depuis la veille, personne n'avait porté le moindre toast. Leur chamaillerie sur le thème des pirojkis avait gâché le repas de Noël : c'est à peine si, à eux trois, ils avaient séché un malheureux demi-litre. Au petit déjeuner, les flacons étaient restés sagement dans le placard. Seul Vadim, en fin de compte, avait maintenu son ébriété à un niveau satisfaisant grâce à ses libations antigel.

— Bon, camarades... ça ne sert à rien de s'énerver ! lança Anton en tapotant l'épaule du glaciologue. Peut-être qu'un petit verre nous aiderait à y voir plus clair ? Comme dit le proverbe, « il faut boire de la vodka en deux occasions seulement : quand on mange et quand on ne mange pas ! ».

Le chef eut un petit rire qu'il voulut répandre par de gentilles bourrades, mais la bonne humeur ne se diffusa pas.

— Je n'ai pas soif, répondit Dimitri.

— Moi non plus.

— Qui vous parle d'avoir soif ?

Loubachev servit une tournée. D'abord réticents, Igor surtout qui avait retourné son verre sur la table, les ingénieurs acceptèrent de tremper leurs lèvres. Ils y revinrent deux ou trois fois, d'assez bon gré.

— Exécuter Vadim serait la pire des choses ! avança Anton quand il sentit les nerfs un peu détendus. Car alors, d'un seul meurtrier on en ferait deux, ou trois, ou quatre, tout le monde comparaîtrait devant le juge, et nos problèmes ne feraient qu'empirer.

— Donc, nous allons rester ici sans bouger ? Attendre tranquillement que Vadim nous poignarde ?

— Je ne crois pas que ce soit dans ses intentions.

— Tu n'en sais rien, chef. Tu n'en sais rien du tout ! Et s'il décidait de se venger ? S'il se faufilait une nuit dans le baraquement, une ceinture aux poings, pour nous étrangler dans notre sommeil ? Avec moins encore, il pourrait se débarrasser de nous. Il n'aurait qu'à saboter la citerne de fioul ou détruire nos provisions...

— ... arracher le câble de l'antenne radio, fit Dimitri en agitant l'as de pique. On n'en a pas en double. Sans radio, nous serions coupés du monde. Nous subirions la mort atroce des explorateurs égarés, qui crèvent de froid ou de faim sous leur tente aplatie.

— La radio ne marche pas.

— C'était un exemple.

— Mais enfin, pourquoi ferait-il cela ? objecta doucement Anton. Il se condamnerait lui-même !

— Un meurtrier ne raisonne pas ainsi, chef ! C'est un homme qui ne contrôle pas ses nerfs. Ses pulsions le commandent. La pulsion, par exemple, de fracasser à coups de hache le crâne d'un adversaire dans une partie d'échecs !

— Et si nous fixions un verrou sur la porte du cellier ? Un verrou extérieur, qu'on pourrait manipuler du dehors ? Nous serions tranquilles !

Les regards se tournèrent vers Dimitri, en train d'aligner les cartes sur la table. Il faisait une pile des trèfles, une pile des cœurs, de même pour les autres couleurs. Plus avançait ce petit travail, plus sa physionomie semblait s'éclaircir. C'était un homme d'ordre, à qui tout rangement procurait une sensation de bien-être.

— Ça n'est pas une mauvaise idée, approuva Igor.

— Je n'en suis pas si sûr. Croyez-vous vraiment qu'une simple targette arrêtera un homme de sa carrure ? Vadim est assez costaud pour défoncer la porte, ou même abattre d'un coup d'épaule les cloisons du cellier. Ça ne marchera pas.

— Tu as une meilleure solution, chef ?

— Nous n'avons qu'à voter.

Les deux ingénieurs levèrent la main pour réclamer la pose d'un verrou sur la porte du cellier. Anton garda les siennes sur la table.

— D'accord, nous poserons un verrou, concéda Loubachev. Mais laissons passer quelques jours... On n'aura peut-être pas besoin d'en arriver là.

Boudeur, le chef s'abstint de porter un toast à cette nouvelle résolution, et refusa même de l'enregistrer dans le journal de bord.

4

Sur l'agenda inutile dont Anton détachait un feuillet, de temps à autre, comme on gratte une peau morte, six jours avaient passé.

Parfois le soleil avait baissé sur l'horizon, parfois il était remonté dans le ciel. Cette sinusoïde représentait, même en plein été, le mieux que pouvait faire l'astre languissant des pôles.

Depuis l'intérieur de sa cabane, Vadim s'intéressait peu à ces variations de la lumière, il est vrai faibles et presque inaperçues. Il avait noté qu'à certaines heures, de fines raies jaunes passaient sous la porte. Elles ratissaient le seuil en tournoyant, avant de disparaître. Ça l'avait amusé au début, tandis qu'il découvrait le cellier et l'explorait dans ses moindres recoins. Mais il s'en était lassé, comme il s'était lassé d'autres passe-temps : l'empilage esthétique des bocaux en mur, en tour, en pyramide, ou la lecture des étiquettes bavardes des conserves de caviar.

D'ailleurs, le tractoriste voyait de moins en moins bien. Une certaine nuit, ce devait être la troisième, son bonnet qu'il portait comme Igor descendu sur le nez avait glissé en découvrant ses yeux. C'était l'heure la plus froide et Vadim, épuisé, avait dormi jusqu'à l'aube.

Au réveil, des aiguilles acérées perçaient ses pupilles. Sa vision était floue ou, sous certains angles, prismatique : il voyait le monde à travers la lentille d'un kaléidoscope.

— Qu'est-ce qui m'arrive ? s'était écrié le tractoriste dans un grand nuage blanc, et cette vapeur même parut se condenser sur ses globes oculaires comme à la surface d'une vitre.

Vadim crut qu'il avait perdu la vue. Puis il se rappela un mécanicien d'autochenille dont les yeux s'étaient voilés, eux aussi, après la réparation en plein blizzard d'un moteur récalcitrant. « Vos cornées ont gelé », lui avait appris le médecin de l'expédition. Heureusement, cette partie de l'œil se régénérait. Il n'y avait rien à faire qu'attendre sa lente cicatrisation.

Ainsi fit le tractoriste : il abrita ses yeux blessés sous deux rondelles de cervelas Koniachiy, tiédies d'abord au creux de ses paumes. De temps à autre, il soulevait les tranches de saucisson pour vérifier les progrès de son acuité visuelle. Pendant des heures, un diamant à cent facettes parut s'interposer devant toute chose qu'il regardait ; puis le diamant fondit, baignant ses iris d'eau tiède.

Les premiers jours, Vadim n'avait reçu aucune visite ; personne du moins n'entrait dans le cellier. Anton continuait de lui porter son assiette à chaque repas mais il la déposait sur le seuil, heurtait, se retirait sans attendre. Vadim l'épiait à travers une fente des planches.

Un moment plus tard, le chef revenait et ramassait l'assiette que le prisonnier n'avait pas touchée ou sur laquelle, une ou deux fois, dans un élan de rage, il avait laissé l'empreinte de sa chaussure en écrabouillant le plat à coups de talon.

Loubachev n'en disait rien aux ingénieurs, certain qu'Igor n'attendait qu'une occasion pour mettre le tractoriste au régime sec. Le glaciologue était bien capable de lui tendre un piège, par exemple en semant des clous dans sa purée de pommes de terre.

Le tractoriste s'accordait quelques sorties, la plupart nocturnes. Il n'avait pu se résoudre à utiliser la fosse d'aisances, aménagée dès son arrivée – un simple trou, creusé entre les étagères à provisions –, et préférait se soulager dans le froid, à l'arrière du cabanon.

Déneiger lui incombait aussi. Chaque tempête menaçait d'enfouir la remise sous l'entassement des flocons qui, après une ou deux heures, était assez haut pour gêner le pivot de la porte et, si l'on attendait encore, la bloquait tout à fait. En se servant d'une tablette d'étagère comme d'une pelle, Vadim parvenait, tant bien que mal, à dégager le seuil. C'est exprès, en revanche, qu'il laissait la neige monter sur les flancs du cellier : les congères faisaient barrage au vent glacial.

Lorsqu'il avait fini de pelleter, Vadim partait en promenade à travers la base. Le cellier avait une grosse provision de tabac où il puisait sans vergogne, roulant chaque jour des dizaines de cibiches. Car certes goudron et nicotine nuisaient à sa santé, mais la fumée réchauffait délicieusement ses lèvres et, croyait-il, aidait à dégeler ses bronches. Il en brûlait donc en toute occasion, au réveil, au coucher, avant et après manger, devant et derrière chaque trait de vodka, enfin pendant ces courtes marches dont la durée s'ajustait à ce petit plaisir.

Six minutes : le temps qu'il prenait pour façonner la

cigarette devant sa porte, l'allumer (c'était le plus long), inhaler enfin la fumée dont les volutes bleutées nourrissaient celles, blanches et volubiles, de la respiration – il semblait sortir de la cheminée d'une locomotive, ce grand nuage de vapeur bouillonnant dans l'air froid.

Tout en fumant, Vadim allongeait des pas sereins du cellier au baraquement, de la station météo à la citerne de fioul ou même, par ciel clair, le long de la piste d'atterrissage qui s'était effacée mais qu'on devinait encore, sous la neige. Des pneus, de vieux barils en jalonnaient la trace rectiligne.

En chemin, il s'arrêtait devant le bâtiment principal, face au buste de Lénine qui projetait son ombre variable sur le sol, pareil au style d'un cadran solaire. Le tractoriste se campait devant les hublots, bien en vue des autres colons tapis frileusement à l'intérieur, et poursuivait sa clope sans les quitter des yeux. Le gel mordait plus fort l'homme immobile, mais il n'en avait cure. Il aurait bravé bien plus froid encore pour jouir de leurs mines ahuries où se lisait tantôt la colère ou la peur, tantôt l'envie car le tabac qu'il brûlait en abondance, qu'il dilapidait même, était compté aux autres depuis qu'il le gérait.

— Salopard ! s'étranglait Igor. Il va tout fumer ! Vous verrez, il n'en restera plus un brin pour nous !

Le pillage du tabac le révoltait, plus encore que le saccage des vivres dont personne, du reste, n'arrivait bien à mesurer l'ampleur. Cela faisait des mois qu'on n'avait pas dressé l'inventaire du garde-manger et Dimitri, qui s'en était occupé, n'osait pas retourner là-bas – ni dans le cellier grand froid qui gardait le cadavre de Nikolaï, ni dans celui tempéré où Vadim avait élu domicile.

Certains soirs, le promeneur allait et venait le long

du baraquement, en bête sauvage qui vient narguer des animaux en cage ; il singeait le pas des sentinelles du Kremlin, fusil debout, jambe levée à l'horizontale. Le message était clair : « C'est moi le gardien, vous êtes mes prisonniers. »

Ces visites rendues journellement, presque à heure fixe comme des représentations théâtrales, commençaient d'énerver les colons. Anton lui-même ne savait plus quoi penser. Il avait défendu le droit du prisonnier à prendre l'air, son droit de manger à sa faim, celui de fumer des cigarettes et de ponctionner plus de vodka qu'eux-mêmes, par égard aux conditions atroces de sa captivité. Ce n'était pas le traitement complaisant dont l'accusait Igor mais, croyait-il, un témoignage d'humanité.

Cependant, les jours passant, le chef devait bien admettre que Vadim abusait de sa gentillesse à lui, et de leur tolérance à tous. Il se payait clairement leur tête. Avec le recul, le piétinement des assiettes devenait presque bénin, auprès d'autres avanies qu'il leur infligeait.

Ainsi quand, en pleine nuit, Vadim avait bourré leur porte de coups de poing, ou qu'il avait lancé des bouteilles vides sur les hublots, au risque mortel d'en crever un – mieux que personne, il savait que la station n'en avait pas de rechange et qu'un seul homme, lui-même, aurait su réparer.

Mais surtout, le prisonnier faisait mauvais accueil à ses visiteurs. Vadim protestait avec bruit contre leur intrusion et, tandis qu'ils fouillaient les étagères, les bombardait d'invectives et d'oignons congelés, durs comme des pierres. Quoi ? C'est ainsi qu'on entrait chez lui, sans frapper, à n'importe quelle heure ? C'est comme ça qu'on puisait dans ses réserves, sans demander la permission ?

Loubachev n'échappait pas aux apostrophes. Par un triste paradoxe, Vadim le traitait d'autant plus mal qu'Anton lui avait montré plus de sollicitude. C'est au chef, par exemple, qu'il avait donné un croche-pied comme Anton sortait du magasin, les bras chargés de provisions. Le botaniste s'était rattrapé de justesse mais en perdant deux bocaux, dont l'un avait éclaté contre la porte. Son contenu s'était répandu sur le seuil : de gros cornichons malossols baignant dans un sirop épais.

Le chef s'était agenouillé devant les petits concombres, comme on se recueille sur un accidenté de la route. Élevé à la campagne, chez des paysans que la collectivisation forcée avait réduits à la misère, Anton se rappelait les greniers vides, les tonneaux à sec, les écuelles qui sonnaient creux. Il se rappelait la faim, sensation honnie mais familière ; il ne l'avait conjurée qu'à l'adolescence, en devançant d'un an l'appel sous les drapeaux. À la table de la caserne, au moins, la soupe était servie chaque jour en quantité.

De cette jeunesse famélique, Anton gardait un estomac capricieux et une sainte horreur du gaspillage. C'était le genre d'homme à lécher les traînées de sauce sur l'assiette. On l'avait vu plonger par terre, derrière un morceau de biscotte envolé d'une serviette.

Ainsi fit-il, ce jour-là, en recueillant au creux de sa main les cornichons épars, telles des limaces rampant parmi les bouts de verre. Il les ramassait un à un, la figure empreinte d'un vrai chagrin. Ses yeux se levèrent sur Vadim qu'il entendait pouffer.

— Ce n'est pourtant pas ton genre, de gâcher la nourriture.

— Qu'est-ce que ça peut me faire, à moi ?

— De beaux cornichons, perdus par ta faute... Tu devrais avoir honte !

Ces derniers mots passèrent sur Vadim comme une râpe à vif. Un feu aigu s'alluma sous les sourcils du tractoriste.

— Chef, tu devrais te méfier. Tu me connais mal. Personne ici ne me connaît vraiment. Avant de m'asseoir au volant des tracteurs, j'ai eu la vie dure. Dans ma jeunesse j'ai volé, j'ai dévalisé, j'ai levé le couteau sur l'homme sans le moindre scrupule, le moindre repentir. Pour moi, tout homme était un ennemi. Sur les foires du Donbass, j'ai volé dans les charrettes des paysans des pelisses, des morceaux de lard, des pots de beurre. À Bakou, j'emmenais des hommes ivres dans les ruelles sombres et je leur faisais les poches. À Taganrog, dans le jardin de la ville, sous la menace de ma lame, j'ai déshabillé des amoureux pour les dépouiller. À Bataïsk, avec un crochet de fer, je faisais descendre les trafiquants des tampons des trains de marchandises, et je pillais leurs besaces. Voilà comment j'ai vécu, entre quinze et dix-sept ans. Je faisais la chasse à la bonne vie et les hommes me faisaient la chasse. Quand j'étais pris en flagrant délit, on me rouait de coups. Sorti de là, je me vengeais au triple de ce que les gens m'avaient fait. Peu à peu, j'étais devenu une bête humaine. Ce genre de bipède, sache-le, est le plus terrible des animaux féroces.

— J'en apprends de belles, Vadim. C'est sûr que je te connais mal, si ce que tu dis est vrai !

— Il y a assez de vrai pour te mettre en garde.

— Ça n'excuse pas les cornichons.

— Qu'ils aillent au diable, tes malossols !

On ne savait quel dessein poursuivait le criminel, en se

mettant tout le monde à dos. Aucun, soutenait Igor : sa rébellion disait sa détresse ; c'était la manifestation d'un esprit dérangé qui se sent chavirer et entraîne les autres dans l'abîme.

L'attitude de Vadim n'aboutit qu'à dresser le petit groupe contre lui, Anton inclus donc, qui cessa de le protéger. D'abord réticent à verrouiller le cellier, le chef changea d'avis. Mieux, il se porta volontaire pour fixer la targette et accepta l'aide d'Igor, qui s'arma du pistolet pour leur sécurité. Ce n'était pas une mauvaise idée, en fin de compte. Une fois Vadim sous les verrous, on dormirait peut-être tranquilles.

Les deux hommes attendirent l'extinction des lumières dans le cabanon. Désormais, Vadim se servait de la lampe. Sitôt qu'ils ne virent plus filtrer de rayon entre les planches, Anton et Igor comptèrent jusqu'à cent et se glissèrent hors du baraquement. Ils furent au magasin en quelques enjambées.

Tout le matériel dépassait de leurs poches : une chignole à main, quelques vis et la targette, prête à poser. Ils se mirent aussitôt au travail. Chacun savait ce qu'il avait à faire. Anton maniait la chignole pendant qu'Igor, en retrait, pointait le pistolet vers le bas de la porte, prêt à tirer dans les jambes du prisonnier s'il s'attaquait à eux.

L'opération la plus délicate consistait à forer de petits trous pour les vis dans le chambranle. La rotation de la mèche en métal dans le bois gelé produisait un couinement désagréable. Ça s'entendait sûrement à l'intérieur. Anton s'arrêta plusieurs fois. Il ne sentait plus ses doigts sur la manivelle, et n'était pas sûr d'appliquer assez de force. Le foret semblait tourner à vide.

— Qu'est-ce que tu fiches ? lâcha Igor qui se gelait

aussi et craignait, en cas d'alerte, de ne plus pouvoir presser la détente.

— J'ai froid…

Anton enfila ses moufles. Il attendit le reflux du sang vers ses extrémités. Pendant ce temps, le glaciologue trépignait, échangeant le pistolet d'une main à l'autre, de peur que la peau n'adhérât au métal.

— Tu aurais dû prendre des gants, toi aussi.

— Je pensais que c'était l'affaire d'une minute. Vas-y ! Qu'on en finisse !

Le botaniste ôta ses moufles et reprit la chignole. Un moment plus tard, la targette était fixée.

Ç'avait été facile, presque trop. Vadim avait-il trouvé le sommeil, malgré le dérangement et le bruit ? Sinon, pourquoi s'était-il laissé faire ?

Loubachev hésita à tirer le verrou. Les deux hommes avaient discuté tous les détails de l'opération, sauf celui-ci : vers quelle position, ouverte ou fermée, devait coulisser la targette ?

Ses doigts jouèrent un peu avec le bouton puis, soudain, ça claqua. Le chef venait, sans raison, d'enclore le prisonnier à l'intérieur.

— Beau travail, camarade ! approuva le glaciologue. Maintenant, rentrons ! Je meurs de froid !

13.01.1961 – 07 h 25

Quand Vadim voulut sortir faire ses besoins, le lendemain, il sentit la résistance de la porte.

Il pensa d'abord qu'une congère bloquait le battant. D'ordinaire, il neigeait peu en Antarctique, sauf cette année où les chutes avaient été copieuses. Depuis des semaines, la station vivait dans les conditions d'un refuge de montagne. Il fallait, régulièrement, mesurer le niveau de la neige autour des bâtiments comme les marins surveillent la ligne de flottaison.

Le tractoriste appuya son genou contre les planches, et pesa dessus de toutes ses forces. Ça suffisait souvent à décoincer une porte récalcitrante. Pas cette fois. Ce qui bloquait se situait plus haut. Il examina le chambranle et repéra les pointes de vis qui dépassaient du bois.

Curieusement, la pensée qu'on avait verrouillé le cellier le laissa froid. Ce bricolage médiocre, en revanche, le mit très en colère. Les vis ne seraient pas sorties si on les avait choisies de la bonne taille. Elles n'auraient pas percé de travers, celle-ci vers le plafond, celle-là vers le sol, si on les avait enfoncées comme il faut. Ceux du foyer avaient bâclé le travail. Était-ce exprès pour le contrarier ?

Avec un soupir, Vadim ramassa une bande de caoutchouc qui traînait par terre. La pinçant entre ses doigts, il n'eut aucun mal à dégager les vis par contre-rotation. Un bruit mat, à l'extérieur, confirma que le verrou était tombé.

Sans se hâter, le tractoriste fit ses commissions derrière le cabanon. Tout en urinant dans la neige, il songea au verrou et réfléchit s'il convenait ou non de venger cet affront – car c'en était bien un, de l'enfermer comme une bête fauve, au pouvoir de trois hommes dont dépendrait chacune de ses sorties, qui l'autoriseraient ou non à mettre le nez dehors et le ramèneraient à sa cage quand bon leur semblerait.

Vadim réfléchit pendant qu'il vidait sa vessie et, lorsqu'il remonta sa braguette, sa décision était prise : il ne ferait rien. Sa journée se poursuivrait normalement. Une façon de montrer qu'il suivait ses propres règles et que lui, Vadim, menait encore le jeu.

En faisant le tour du cellier, il évita de regarder le baraquement. Mais quand il trouva le verrou planté dans la neige, sachant tous leurs yeux braqués sur lui, le prisonnier voulut donner une bonne leçon à ceux du foyer. Vadim ramassa le verrou qu'il fit sautiller dans sa paume puis, d'une brusque détente, le lança vers la citerne de fioul. Le projectile ricocha sur la tôle et se perdit en tournoyant dans l'azur. S'il atterrit jamais, ce fut loin, très loin de la station.

— Ordure… lâcha Igor qui suivait la scène avec les autres, derrière le hublot.

Les divertissements manquaient à Daleko et, indéniablement, c'en était un d'épier les allées et venues du criminel. Les trois hommes guettaient ses sorties, dans ce mélange de peur et d'excitation que procurent les feuilletons à rebondissements.

Cette fois, c'est Dimitri qui avait donné l'alerte.

— Venez voir ! Vadim est dehors !

Ils s'étaient précipités au hublot et installés comme devant un poste de télévision. Anton avait servi du thé, Dimitri avait passé un coup de chiffon sur le verre : le programme pouvait commencer. Les colons se réjouissaient de suivre un nouvel épisode, dangereux et palpitant, des aventures du tractoriste. Ça les consolait un peu de le voir s'évader.

Ils regardèrent donc Vadim forcer la porte du cellier malgré le verrou posé la veille. Ils le regardèrent descendre sa braguette à l'arrière du cabanon, et propulser son jet fumant toujours au même endroit, dans ce trou de neige jaune raviné par l'urine. Un seul cri s'échappa des poitrines quand la targette vola dans les airs. Le lancer du verrou formait, à l'évidence, l'acmé des événements du jour. Mais ensuite, les colons lâchèrent un soupir. Vadim contourna le magasin aux vivres, poussa la porte et rentra chez lui.

Quoi ? C'était déjà fini, la promenade ? On patienta. Hélas, plus le temps passait, plus il devenait clair que Vadim s'était défilé. La porte du cellier ne se rouvrait pas et, sous la neige qui commençait de tomber, la petite cabane semblait à l'abandon. Peu à peu, l'image dans le hublot perdit tout intérêt. Le hublot était à nouveau ce simple rond de vitre, sujet à l'invasion de buée ou de flocons et qui, même limpide, n'offrait aucune distraction.

Les trois hommes attendirent un moment encore, puis

se détournèrent. Le thé avait refroidi et les cendres grisaient dans le poêle négligé.

— La situation est grave, Anton… déplora Igor en enfournant une bûche. Voici un homme impossible à enfermer ni à faire obéir. Un homme qui, désormais, nous voue une haine mortelle... Un jour, c'est sûr, il y aura un autre drame.

Le glaciologue avait une figure comme les glaces elles-mêmes, aiguë et pâle. Elle rappelait ces longs cylindres blancs qu'il avait extraits du sol antarctique, quand la plateforme de forage fonctionnait encore. Même de souffler sur les braises lui gonflait peu les joues, qu'il gardait plates et longues sous la barbe.

— Il faut faire quelque chose. On ne peut pas attendre, les bras croisés, que Vadim nous massacre à coups de hache ! Es-tu d'accord pour utiliser la radio ? Après tout, il y a un cadavre ici. Un mort et un criminel. Moscou doit être informé. Nous aurions dû le faire plus tôt.

— La radio est fichue. On a déjà essayé de la rallumer.

— Essayons encore !

— Pourquoi pas ? concéda le chef d'une voix absente.

Anton était venu prêter main-forte au glaciologue. Il attrapait les bûches, les soupesait, grattait l'écorce ou le lichen, les tendait à Igor pour nourrir le feu. Soudain, son bras faiblit et un rondin lui échappa. Il bredouilla une excuse, partit en quête du morceau de bois qui avait roulé sous les lits.

— Tout va bien, chef ?

— Ça va.

Mais en rendant la bûche à Igor, Anton lui adressa un regard profond, voilé d'une sourde détresse. Il semblait lui tendre le bâton de commandement.

— Igor, peux-tu t'occuper de ça ? La radio, je veux dire ? Je dois tenir mon journal.

— Bien sûr, chef. Tu peux compter sur moi.

Igor regarda Loubachev cheminer à pas lents vers le bureau, son bol de thé froid à la main. Il avait l'air d'un vieillard. Le manteau qu'il avait juché sur ses épaules n'était pas le sien : trop grand, il frottait le sol et charriait des saletés. C'était comme si l'homme dessous avait rapetissé.

Anton prit le carnet sur une étagère, s'assit et l'ouvrit à table. Ensuite, il consacra un temps fou à dégeler l'encrier et à nettoyer le porte-plume.

Ce tableau dégageait tant de tristesse qu'Igor, par pudeur, détourna les yeux. Il refusait d'admettre que leur destinée commune se trouvait entre les mains de cette espèce de chiffe molle.

— C'est bien, chef… écris ton journal ! fit-il en claquant la trappe du poêle. Dimitri et moi, on se charge de la radio.

11 h 15

De tous les objets emportés au cellier, le plus cher à Vadim était l'icône de sainte Olga de Kiev.

Lorsqu'il s'était installé dans la remise, Vadim l'avait placée tout près de sa tête. Une cordelette mesurée avec soin, et qu'on pouvait au besoin allonger ou raccourcir, faisait pendre le portrait devant ses yeux. Vadim pouvait l'admirer, étendu sur le matelas. Il s'endormait et s'éveillait avec sainte Olga, comme naguère sur la couchette du baraquement.

L'icône était d'une facture peu soignée, presque malhabile. Sur un morceau de bois gondolé par les ans, se détachait d'un fond d'or le buste d'une femme, porteuse dans sa main droite d'un crucifix à long manche et d'une miniature d'église dans l'autre. Son visage en amande n'avait rien de beau : un nez trop long, une bouche étroite, des yeux un peu louchons et d'autres défauts qu'on ne savait à quoi attribuer, soit aux conventions disgracieuses de cet art, soit à la laideur du modèle. La figure et les mains émergeaient seules de l'enveloppement des étoffes ; on voyait plus de tissu que de femme. Pas une mèche de cheveux ne s'échappait du voile enroulé autour de la tête.

C'était à se demander ce que Vadim pouvait bien lui trouver, à cette icône laide et enfumée, échue par hasard dans sa famille et transmise en l'état depuis deux ou trois générations. S'il s'agissait d'avoir une femme sous les yeux, pourquoi ne pas accrocher plutôt une photo d'actrice ou de danseuse ? Le joli minois de Galina Oulanova ou de Tatiana Samoïlova ? Il n'aurait su quoi répondre.

Dès l'instant, en tout cas, où Olga et lui s'étaient trouvés ensemble dans le magasin aux vivres, exilés tous les deux au fond de ce réduit glacial, la compagnie de l'icône lui avait fait du bien.

Il passait beaucoup de temps à la contempler, à la promener d'une étagère à l'autre, sauf la nuit, où il la rattachait à sa cordelette. Si le froid devenait trop dur, Vadim berçait Olga sous son pull, contre son ventre. Il n'oubliait pas non plus d'en prendre soin, car l'icône ancienne était fragile. La peinture à la détrempe s'écaillait un peu partout : il y avait des manques dans le fond d'or et des craquelures sur le motif, qui s'ouvraient en plaies rouges sur le front de la jeune sainte. Sans pinceau ni matériel, Vadim essuyait l'image avec son tricot et l'oignait chaque matin d'un peu d'huile, prélevée dans les conserves de maquereaux.

Le tractoriste avait des apartés avec Olga. Elle devenait témoin et confidente de ses petites misères. Qu'il ait mal digéré les patates crues consommées la veille, ou que les engelures de sa main droite lui causent du souci, la sainte de Kiev l'apprenait aussitôt.

Seul le prénom d'Olga lui déplaisait. Très tôt, la sainte

en avait reçu un autre, mieux à son goût : Anouchka. Un matin, du givre s'était déposé sur le voile de la jeune femme, dont il suivait rigoureusement les contours. Ce poudroiement imitait à s'y méprendre la blondeur d'une chevelure. Vadim s'était rappelé ce qu'Anton lui avait dit d'Anouchka, l'épouse de Nikolaï, « une très belle fille aux cheveux blonds comme le lin ». Alors, il l'avait rebaptisée du même prénom.

Dès lors, il n'y eut plus qu'Anouchka. « Anouchka, je sors me promener ! », « Anouchka, où est passé le tabac ? », « Anouchka, buvons à ta santé ! »... lançait Vadim à tout propos, comme si la sainte de Kiev eût traversé à ses côtés l'épreuve du bannissement.

Le tractoriste s'habituait à réserver sa part de toute nourriture qu'il avalait, des miettes de thon ou des pâtes de fruit qu'il déposait en offrande devant l'icône et balayait le lendemain car la jeune femme, aux mœurs frugales, n'y touchait jamais. Au même endroit, il répandait quelques gouttes de vodka et s'émerveillait de les trouver intactes, des heures plus tard, alors que le gel pétrifiait ses crachats en quelques instants.

— Ah, Anouchka ! Quel prodige que la vodka ! Même si le thermomètre descend à moins cinquante, à moins soixante, elle ne gèle pas... Par grand froid, on la voit seulement ralentir. Ce qui semblait de l'eau devient comme un sirop épais. Vodka magique ! C'est notre trésor, à nous les Russes...

Depuis qu'Anouchka était entrée dans sa vie, le moral de Vadim était bien meilleur. Il reprenait espoir, par exemple s'il imaginait son procès à venir, sa comparution en justice pour le meurtre de Nikolaï. La peine de mort lui avait longtemps semblé l'issue probable. Ce n'était plus le cas. Son état d'esprit changeait sous la tendre influence de l'icône et, depuis un jour ou deux, il se prenait même à rêver d'un acquittement.

Le juge allait examiner son dossier en homme circonspect et qui connaît la vie. Le jury allait écouter ses arguments, tout en déjouant les menées sournoises de l'accusation pour salir son image. Enfin, de rapides discussions aboutiraient à un verdict favorable, une relaxe assortie, peut-être, d'une amende de quatre cents roubles pour violence.

En prononçant cette sentence indulgente, le président lui ferait gentiment la leçon :

« Vous avez tué Nikolaï Andreïevitch Kalinine, ce n'est pas bien. Toutefois, les jurés ici présents ont enquêté sur la victime et se sont convaincus qu'à votre place, cher Vadim, ils auraient agi de même. Sur la base de nombreux témoignages et d'une enquête fouillée, le dénommé Nikolaï leur est apparu comme un homme de mauvaises mœurs, doublé d'un crétin fini.

— ... et d'un vil tricheur aux échecs, compléterait Vadim.

— C'est évident, comme l'analyse de la partie par nos experts l'a aussi démontré. Le dossier d'instruction abonde en preuves, nombreuses et concordantes. Le dénommé Nikolaï, par exemple, n'a pas parlé à sa sœur depuis des années. Sa femme le trompe ouvertement avec un membre du bureau de la section locale du Parti. Sa dernière fille, Irina, ne serait pas la sienne, mais celle d'un ouvrier agricole de passage. Quant à sa maison sur les berges de la rivière Kouban, qui menace ruine, le tribunal du district l'a jugée en déshérence et lui en a retiré la propriété.

Tous les éléments à notre disposition décrivent une vie dissolue et une carrière sans éclat. Sous ce dernier aspect, Nikolaï Kalinine fait figure d'employé anonyme, l'un de ces travailleurs polaires que suscite par dizaines chaque nouveau départ d'expédition. Tombé en service, il aura droit au rapatriement dans un cercueil plombé. Mille roubles seront versés à sa veuve, qui pourra disposer librement des effets du défunt.

La disparition du dénommé Nikolaï n'inflige pas de grande perte à l'humanité : ainsi en ont conclu, unanimes, les membres du jury. Ils considèrent qu'en lui ôtant la vie, non seulement vous n'avez pas nui aux desseins de notre grande et glorieuse patrie socialiste, mais vous lui avez rendu service. Vous avez soulagé le peuple soviétique d'un parasite, et l'avez épouillé d'un de ses éléments les plus faibles et les plus corrompus. Soyez-en remercié, cher Vadim.

— Merci, merci, Votre Honneur... Merci infiniment. »

Vadim chercha longtemps son souffle après ces derniers mots, lancés dans un panache d'air blanc vers le plafond du cellier. Il ferma les paupières, les rouvrit, gratta le givre qui soudait les cils entre eux, mais ne put revoir la salle d'audience qui, un instant auparavant, flottait devant ses yeux. Le tribunal, le juge et les jurés s'étaient volatilisés.

Au même instant, un bruit métallique blessa ses oreilles. Cela venait de l'extérieur, et d'assez près. Par réflexe, Vadim coucha l'icône sur l'étagère pour l'abriter des regards ou, peut-être, la protéger d'une agression.

— N'aie pas peur, Anouchka. S'ils posent un nouveau verrou, je le ferai sauter aussi.

Le prisonnier entrebâilla sa porte, d'un pouce seulement, pour voir de quoi il retournait. Dehors, le temps était splendide. Le soleil brillait en joyau blanc dans l'air cristallin. Comme jaillis d'une pierre précieuse, ses rayons découpaient une scène insolite. Ceux du foyer s'affairaient autour de la citerne de fioul. Ils avaient étalé manteaux et couvertures sur la cuve, et semé dessous un lit de braises. Présentement, Dimitri à genoux était en train d'épandre les cendres fumantes du poêle. Sa silhouette se discernait à peine dans l'énorme nuage de vapeur.

— J'ai compris ce qu'ils veulent faire, Anouchka. La paraffine s'est figée dans le carburant à cause du froid. Chauffer la cuve aide à dégourdir le mazout. Ils ont besoin de fioul pour allumer la radio.

Voilà des mois qu'à Daleko on n'utilisait plus de courant. Produire de l'électricité obligeait à démarrer le groupe électrogène, lequel, à son tour, pompait avidement dans la réserve de fioul à demi gelée. Les colons s'étaient habitués aux lampes à essence, et que l'ampoule au plafond devînt décorative. Mais, si l'on pouvait sans mal se passer d'éclairage électrique, la radio HF, en revanche, n'admettait pas d'autre source d'énergie.

Vadim regardait faire le jeune géologue qui, après s'être occupé de la cuve, creusait à coups de pelle l'énorme congère à la porte du baraquement. Cela lui prit un quart d'heure de dégager l'antenne HF, couchée sous l'escalier. Il dut ensuite hisser le mât sur le toit du bâtiment, une tâche dont l'ingénieur s'acquitta seul, au prix d'efforts inouïs.

— Ah ! Je pourrais l'aider ! Nous ne serions pas trop de deux pour faire ce travail ! Mais non, Anouchka, qu'ils ne comptent pas sur moi. Je ne suis pas aussi idiot.

L'antenne tenait plus ou moins debout, à présent. Dimitri la faisait rouler entre ses mains, dans un sens ou dans l'autre, l'inclinait vers le nord ou vers l'est, d'après les instructions d'Igor qu'on voyait gesticuler dans un hublot. Anton apparaissait lui dans la seconde fenêtre, probablement assis à son bureau.

— Regarde leur antenne, Anouchka ! Elle pointe vers nulle part, dans l'ombre de la cheminée ! Bonne chance à eux pour capter quelque chose ! C'est n'importe quoi !

Le tractoriste fut tenté de sortir. Il aurait suffi de… Ils n'auraient eu qu'à... Mais il se ravisa. Non, ce n'étaient pas ses affaires, ni d'ailleurs son intérêt de leur prêter main-forte.

— Ça les regarde. Qu'ils aillent tous se faire foutre !

Vadim cracha par terre et rabattit la porte du cellier.

14 h 30

Anton plia ses lunettes, posa le porte-plume. La feuille de buvard avait tant servi qu'elle n'absorbait plus rien ; c'était un chiffon noir, gorgé d'encre sale. Alors, pour sécher les bavures, le chef frotta sa manche sur le carnet. Puis il se relut.

Tout de même, songea-t-il, la semaine écoulée avait donné matière à raconter. Ces sept petits jours-là occupaient douze pages, une liasse de l'épaisseur du doigt. En comparaison, le récit des trois mois précédents n'était pas moitié aussi long.

Loubachev feuilleta le journal à rebours, s'arrêtant au hasard sur certains passages. De janvier à décembre 1960, l'actualité des jours les plus denses tenait en quelques phrases. C'était bien assez pour noter l'engorgement du lavabo ou la congélation accidentelle d'un lot d'endives, dans un conteneur mal abrité du vent. Suivaient parfois des observations météo : « Le temps est beau. Excellente visibilité. Cirrus dans le ciel, calme. Température moyenne : –29,4 °C. Pression :

478,6 millimètres de mercure (0,62 MPa). » Partout ailleurs, on lisait « RAS », rien à signaler.

Quand le récit s'allongeait, c'était du remplissage. Le carnet citait plusieurs parties d'échecs qu'Anton avait consignées minutieusement, coup après coup, pour passer le temps. Figuraient même, en marge, les diagrammes illustrant certaines phases du jeu.

Ces pages transpiraient l'ennui. Anton se rappelait d'interminables jours de blizzard, quand le soulèvement poudreux de la neige avalait ciel et terre, obturant les hublots et gommant tout aspect du paysage, fondant sol et bâtiments dans un continuum blanc. Prisonniers du baraquement qu'ils ne pouvaient quitter sous peine de mort, les colons sentaient vaciller leur santé mentale. Des questions insensées leur venaient aux lèvres : est-ce qu'ils étaient morts, flottant dans les limbes ? Le monde avait-il disparu et le blanc, dehors, avait-il absorbé toute chose ?

Mais, par-dessus tout, les tempêtes d'hiver exposaient les hommes au désœuvrement. C'étaient des jours entiers à traîner sur les couchettes, le regard au loin ou qu'on accommodait sur les arêtes sales du plafond ; des heures à parcourir des livres déjà lus, des journaux vieux de deux ans, un mégot froid aux lèvres.

On pouvait dire bien des choses du meurtre de Nikolaï Kalinine par Vadim Kotov. On pouvait l'appeler de bien des noms : un accident, un drame, un grand malheur. Mais l'on ne pouvait nier qu'il avait secoué la routine de leurs vies confinées. Il y avait eu mort d'homme, que diable ! Un homicide attesté par plusieurs colons, signataires d'une déposition conjointe ! C'était une première historique. Le premier meurtre jamais enregistré sur une station polaire, le premier assassinat perpétré en

Antarctique ! Et, qui plus était, une première soviétique, bien qu'elle n'eût pas l'éclat du premier vol habité dans l'espace. À quelque chose malheur est bon, songea le chef qui, toutefois, n'osa pas l'exprimer à haute voix.

— Tu t'en sors, avec la radio ?

Igor leva sur Loubachev un regard peu affable. Les rides s'étaient tracées de bonne heure sur cette figure sérieuse. Un double pli marquait la jointure des sourcils, profond comme des encoches sur un poteau de bois. Un froncement du bonnet suivait le plissement du visage.

— J'essaie, chef. Mais ça ne donne rien. Pas encore.

Voilà deux heures qu'Igor bataillait avec le poste récalcitrant. Il avait fallu, d'abord, dégager la radio d'un fatras de papiers et de vaisselle sale qui s'était accumulé dessus sans qu'on y prît garde, comme fleurit la rouille sur les moteurs à l'arrêt. En branchant la prise, Igor s'était rappelé qu'elle n'était pas alimentée. Alors, il avait recruté Dimitri pour dégeler le fioul, allumer le groupe électrogène, dresser et brancher l'antenne HF...

C'était ainsi, toujours : une chaîne d'embêtements derrière la moindre idée, un tas d'obstacles face au moindre projet.

Il y eut encore beaucoup de travail, avant qu'Igor pût presser l'interrupteur. Les circuits de la radio qui n'avaient pas chauffé depuis des lustres parurent, au début, bouder ce courant de pacotille. Au troisième essai, cependant, un chant ondoyant s'éleva dans l'air, s'enroula en spirale ascendante et expira, là-haut, en un long *diminuendo.*

— Tu as entendu ? réagit vivement Anton.

— Oui, chef. J'ai des oreilles.

Ça n'avait rien d'articulé, rien qui pût sortir d'un

larynx humain. On aurait dit le meuglement d'une sirène d'usine. Mais enfin, c'était déjà quelque chose.

— Il faut que nous sachions quoi leur dire, si nous parvenons à les joindre. Le signal sera peut-être instable.

— Sois sans crainte, chef. J'ai préparé un texte.

— Très bien.

Loubachev referma le journal qu'il rangea à sa place, sur l'étagère aux livres. Ses yeux glissèrent vers le rapport, à plat sur la couchette du meurtrier.

— J'ai dit à Vadim que nous avions essayé d'appeler Mirny. J'ai menti.

— Pourquoi tu as dit ça ?

— Je ne sais pas pourquoi. Pour lui faire peur.

Le chef s'approcha et détailla l'enveloppe en silence. Sous l'effet du froid, l'encre avait pâli et le kraft s'était un peu rétracté, marquant les angles des documents à l'intérieur.

De nouveau, Anton s'imagina confier le pli à la poste. Celle par exemple de la bourgade de Tambov où ses parents, des années durant, avaient vendu leurs légumes sur le marché. En chemin vers la poste, il aurait fait l'emplette de pain, de hareng salé, d'une livre de beignets brûlants dans les échoppes de la rue Razina, près de la cathédrale de la Transfiguration-du-Sauveur. Un chien aurait aboyé dans le sillage friand des pâtisseries ; Anton lui en aurait donné un bout. Qu'est-ce que c'était, une pincée de beignet dans une ville qui comptait au moins six épiceries ?

Voilà comment se traitaient les problèmes dans le monde normal, le monde qui commençait au large des glaces et où les thermomètres affichaient des températures civilisées. Si l'on avait quelque affaire à régler, un courrier à envoyer par exemple, on n'avait qu'à enfiler son manteau et ses bottes, lacer sa chapka et sortir de chez soi ! Ça n'était pas compliqué, non plus, d'enfermer un meurtrier ni d'enterrer sa victime.

— … et les radios fonctionnent ! soupira Anton, au fil de sa pensée.

— De quoi ?

Igor tournait des molettes et pressait des boutons, ce qui modulait étrangement les sons sortant des haut-parleurs. Le signal allait, venait, croissait, diminuait, furtif comme un poisson de rivière. Parfois, des mots en russe ou en américain trouaient le filet des parasites : « betterave », « poulpe », « racine », « morpion », peut-être « cosaque » et « trépanation ». Ça n'avait ni queue ni tête.

— Je vais arrêter, soupira le glaciologue. Nous n'arriverons à rien.

Mais, peu après, survint un miracle. Était-ce Dimitri, sur le toit, qui avait incliné l'antenne du bon côté ? Était-ce Igor qui avait trouvé la bonne combinaison de touches ? Une connexion, claire et forte, s'établit soudain entre la base Daleko et la base Mirny, sur la mer de Davis, à deux mille deux cents kilomètres de leur position.

D'un coup, le rideau mouvant des parasites parut s'ouvrir en grand ; une voix jaillie du néant retentit à leurs oreilles :

— Allô ? Allô ? Daleko ? Vous m'entendez ? Ici Mirny !

Igor eut tant d'émotion qu'il sentit un jet chaud lui couler sur la jambe. S'emparant à deux mains du micro, il hurla la phrase écrite pour la circonstance, assez brève pour voler sur un souffle :

— Ici Daleko ! Je suis Igor Artemiev, glaciologue. Le géologue Dimitri Babourine et moi-même demandons une évacuation immédiate !

Aussitôt après ces mots, le signal fut suspendu, comme si l'avait épuisé la force du message. Igor, les nerfs à vif, trépignait devant la console. Avaient-ils entendu, à l'autre bout ? Allaient-ils répondre ? Son pantalon fonçait à vue d'œil. Anton l'écarta avec humeur et prit sa place devant l'appareil. *Clic, clic, clic !*

— Qu'est-ce qui t'a pris, Igor ? Tu n'as même pas parlé du meurtre de Nikolaï !

— J'allais le faire.

— C'était ça, le plus important !

— Pour toi seulement, chef... Pour Dimitri et moi, ce qui compte, c'est de fuir ce cauchemar !

Soudain, la radio se ranima dans une sorte de spasme électrique. Anton agrippa le micro et débita du plus vite qu'il put :

— Ici Daleko ! Nous avons un mort et un meurtrier ! Demandons intervention d'urgence !

Cette fois, le signal perdura assez longtemps pour échanger quelques mots. Loubachev resta devant le poste pendant qu'Igor, mortifié, allait changer de pantalon.

5

Vadim donna un violent coup de tête, qui fit rouler des boîtes de crabe jusqu'au milieu du cellier. En pliant le bras gauche, il dérangea un sac de riz ; le bras droit, un sac de sarrasin. S'étant ainsi découvert, il sentit s'abaisser sa température corporelle, et emboucha aussitôt un litre de vodka sibérienne qu'il avait à portée de la main.

Au fil des gorgées, sa température remonta lentement, soulevant le long de ses paupières une bordure de gouttes tièdes. Il cessa de boire quand il eut chaud, et qu'un double ruisseau de larmes dévala son visage.

— 14 janvier. C'est le Nouvel An, aujourd'hui.

L'alcool avait sur lui des effets contradictoires. Il titubait comme tout un chacun, il perdait l'équilibre et devait, pour traverser le cellier, s'appuyer tout du long aux étagères. En revanche, sa mémoire et son sens de la chronologie profitaient mystérieusement de l'ébriété. Plus il était soûl, mieux il se rappelait. Mieux aussi il estimait la date du jour, une prouesse inaccessible aux autres colons.

Sur l'océan tumultueux des liqueurs où chaviraient sa force et sa santé, son esprit néanmoins surnageait. Des souvenirs vieux de trente ans remontaient à la surface, et Vadim ivre mort retrouvait l'aigre odeur de cambouis du tout premier moteur qu'il avait démonté, à l'école de mécanique de Lublin en Pologne, et celles cousines de l'huile chaude, du métal abrasé.

Mais aussi, par une sorte d'ajustement rapide de ses facultés, sa perception du temps gagnait en précision. À jeun, il n'aurait pas su dire si l'on avait ou non franchi le cap de l'année orthodoxe – tandis qu'avec trois grammes d'alcool dans les veines, le chiffre du calendrier se révélait à lui, comme par magie, et Vadim pouvait soutenir avec aplomb, en fourrageant sa barbe :

— Le Nouvel An. C'est aujourd'hui même, Anouchka. Je le sens.

Cependant, assis sur le matelas glacé, le tractoriste se palpait le front, les deux bosses qu'il avait là dont sa mère disait que la plus forte indiquait ses talents manuels, et la moindre prouvait son don pour le calcul. Vadim ratissait ses cheveux, des mèches sales qui collaient aux doigts. Plus progressait en lui l'idée de la nouvelle année, plus il sentait grandir un malaise. C'était comme si, portant d'ordinaire un chapeau, il s'était trouvé tête nue après qu'une bourrasque eut fauché sa casquette. Quelque chose manquait, quelque chose là-haut, au sommet de son crâne...

Alors il comprit : chaque Nouvel An depuis leur arrivée à Daleko, Nikolaï lui faisait la même farce qui consistait à lui casser un œuf sur la tête, après s'être approché sans bruit dans son dos. « À la nouvelle année ! » s'écriait le chauffeur-mécanicien et aussitôt, bon bougre, il lui tendait une serviette pour se débarbouiller.

Cette plaisanterie amusait tout le monde. Vadim aussi

riait, et même Anton qui réprouvait d'habitude le gâchis de nourriture mais n'avait rien à redire à la destruction des œufs : malgré des dizaines d'omelettes, cuites d'affilée pendant des semaines, l'équipe n'avait pu venir à bout du stock important fourni par les cinq poules de l'expédition. Les œufs qui restaient n'étaient plus mangeables mais pouvaient servir à coiffer Vadim, ou à varier les munitions dans les batailles de boules de neige. Le tractoriste s'était longtemps servi du blanc, riche en albumine, pour hydrofuger la peinture des autochenilles.

Vadim rattrapa la bouteille, et tâcha de dissoudre le souvenir des précédents Jours de l'an, celui surtout de Nikolaï lui cassant un œuf sur la tête.

Depuis son entrée au cellier, il avait réussi à tenir ce fantôme à distance. Le cadavre du chauffeur-mécanicien était un voisin, presque un colocataire, puisqu'un mètre seulement séparait les deux remises. À d'autres, cette proximité aurait paru abominable ; ils auraient été hantés, nuit et jour, par la présence alentour du corps de leur victime. Vadim, lui, n'y songeait guère. Sans doute la lutte contre le froid, la quête de nourriture, bref les enjeux de la survie l'avaient-ils distrait d'un questionnement nécessaire. Sans doute brouillaient-ils encore la voix de sa conscience, onze jours après le meurtre.

Au lieu des affres du criminel, il n'éprouvait qu'une contrariété légère, celle qu'on ressent pour s'être taché le pantalon lors d'un dîner de famille. Il ne pensait pas : « ma vie est finie », mais : « la nouvelle année commence mal ». Et cela même ne l'affectait pas trop.

Vadim roula sur le côté et, de la main gauche, attrapa l'icône sur une étagère. Il était droitier mais ne pouvait plus guère utiliser l'autre main, à cause des engelures.

C'est donc d'une seule que le prisonnier roulait ses cigarettes, égrenait son chapelet ou piochait les harengs salés dans le bocal au col étroit. Il avait appris à ouvrir les conserves serrées entre ses cuisses, et se servait d'objets pesants pour caler la boîte d'allumettes, tandis qu'il en frottait une sur le grattoir.

— Tu vois dans quel état je suis, Anouchka... Pourtant, personne ne voudra plaindre Vadim, le pauvre manchot.

Le prisonnier rapprocha l'icône de son visage, à quelques centimètres, si près qu'elle devint floue. À cette courte distance, le visage de la sainte avait sa taille naturelle. Le sang et la vie semblaient circuler sous la peau, malgré l'aspect cireux donné par le vernis. C'est vers ces lèvres presque tièdes que Vadim avança les siennes, cruellement gercées par le froid. Il baisa l'icône avec passion, s'écarta, l'embrassa encore.

— Qui se soucie de moi, Anouchka ? Qui se soucie de nous ? Ceux du foyer, je sais bien ce qu'ils pensent. Ils n'en ont que pour Nikolaï. Sans doute, j'ai pris la vie d'un homme. Mais cet homme, lui, avait sali mon honneur. Cela compte-t-il pour rien ?

Ses doigts glissaient avec tendresse sur le cadre érodé du portrait. Plus il le touchait, plus le bois se réchauffait – plus s'amplifiait la sensation de caresser un visage humain.

— En d'autres temps, vois-tu, l'honneur primait sur tout. Si une querelle éclatait entre deux gentilshommes, l'offensé provoquait l'offenseur en duel... peut-être ce redoutable « duel d'écharpe » où les adversaires, armés de pistolets, s'échangent des coups de feu en serrant chacun l'extrémité d'une même écharpe. Se serait-on plaint, alors, qu'un des deux trouvât la mort ? Aurait-on puni le survivant ? Qu'en penses-tu, Anouchka ? Moi, je crois bien que non.

La veille, Vadim avait foré un trou, un centimètre au-dessus de la coiffe de la sainte. Dans ce trou, il avait passé une ficelle dont il avait noué les bouts. Désormais, il pourrait porter l'image en sautoir et l'emmener partout avec lui.

— Tiens, si nous prenions des nouvelles de ce vieux Nikolaï ?

Vadim pendit l'icône à son cou. L'ivresse l'empêchait de se mettre debout, mais il rampa vers la cloison côté sud, dans la direction du cellier grand froid. S'il pressait son front contre les planches, alors la distance avec le corps congelé de Nikolaï était réduite au minimum : trois longueurs de bras, estimait-il ; moins de deux mètres.

Le tractoriste gratta la glace qui nervurait le bois. Il appliqua son œil mais ne vit rien, son oreille mais n'entendit que le vent, dont les lames s'aiguisaient aux angles du cabanon. Au contraire, lorsqu'il pressa son nez, une puanteur d'œuf pourri lui vrilla les narines.

Vadim recula en expirant fortement. Il renifla l'air du magasin aux vivres qui sentait comme d'habitude, la sciure et la neige. Non, c'était seulement lorsqu'il approchait son nez, le collant contre les planches, qu'il percevait l'odeur abjecte. Œuf pourri : sulfure d'hydrogène, produit de la fermentation d'une matière organique. Se pouvait-il que le cadavre eût commencé à pourrir ? Dans cette glacière où la température, sans doute, ne s'était jamais hissée jusqu'au zéro ?

— Je deviens fou, Anouchka. Ton mari ne peut pas sentir. C'est impossible !

Il s'aperçut qu'il avait parlé à voix haute et se gifla. La

taloche rompit le fragile équilibre qu'il tenait malgré l'alcool, un genou à terre et l'autre plié. Vadim versa lourdement sur le côté.

— Ah ! Vodka de merde !

Se redresser lui prit du temps. Ses jambes moulinaient dans le vide sans trouver d'appui, comme celles d'un patineur tombé sur la glace. Enfin, sa main valide trouva le pied d'une étagère. Il s'y cramponna et se remit péniblement sur son séant.

À quatre pattes, Vadim se dirigea vers la sortie, l'icône toujours au cou. Dans la même position, il franchit la porte et pataugea jusqu'au cellier grand froid. Il n'avait pas pris de gants ni de chapka, c'était tout près. D'ailleurs, s'il sentait les canines du gel mordiller ses oreilles, ses mains plongées dans la neige s'y réchauffaient bizarrement – une sensation trompeuse : dès qu'il voulut s'en servir, ce fut une pince frigorifiée qui mania la poignée.

Le deuxième cellier était identique au premier, son reflet au miroir. Seul le râtelier, lesté de trois massives pièces de viande, introduisait une variante dans l'aménagement des lieux. Des stalactites pendaient aux jambons, à l'allure de cocons roses velus de givre.

Sinon, c'était le même alignement de boîtes sur les étagères, les mêmes piles de sacs, soudés entre eux par un mortier de glace. Une différence avec l'autre magasin était le froid, bien pire. Une méchante bise courait entre les deux fenêtres, en réalité de simples trouées dans la cloison voilées d'un grillage.

Vadim voulut se mettre debout, mais ne put déraidir complètement ses jambes. Ce fut donc à genoux, tel un pénitent devant la châsse d'un saint, qu'il aborda le corps de Nikolaï.

Le cadavre reposait sur une planche, hâtivement sciée à ses dimensions. On n'avait pas lésiné sur l'aluminium, qui l'emballait des pieds à la tête. Sous ces couches multiples de papier argenté, le corps n'avait plus ni contours ni reliefs, mais une silhouette à trois pans de sarcophage. Vadim n'hésita pas à déchirer le métal, le long d'un tibia. Sans surprise, l'épiderme du mort avait l'aspect sombre et veineux d'un cuir de phoque. À quoi s'attendait-il ?

La puanteur d'œuf pourri hantait toujours le cellier. Pourtant, elle n'était pas plus forte au voisinage du corps, ni même contre la peau qu'avec réticence, Vadim s'obligea à flairer. Non, l'odeur n'émanait pas du cadavre ou bien très subtilement, comme l'odeur de sainteté qu'exhalent après leur mort, dit-on, des religieux à la vie exemplaire.

— C'est ton fantôme qui empeste, Nikolaï ? Ou c'est l'œuf pourri que tu voudrais me casser sur le crâne ?

Peut-être un bout de sandwich était-il resté dans la poche du chauffeur-mécanicien. Il aurait commencé à s'avarier dans la tiédeur du baraquement et continué là, sous le tissu d'une veste ou d'un pantalon. En toute rigueur, cette théorie ne valait rien mais Vadim n'en avait pas de rechange. C'était cela ou admettre que le spectre de Nikolaï puait la mort.

Le tractoriste se mit à écorcher le papier métallisé en plusieurs endroits, là où pouvaient raisonnablement se situer des poches. Il en fouilla cinq, vides, sauf une qui contenait une clef de machine. La clef de quoi ? De la glace obturait l'anneau. Vadim la gratta patiemment, jusqu'à dégager la clef à double panneton de leur autochenille.

Pourquoi Nikolaï gardait-il la clef d'un véhicule qui

n'avait pas roulé depuis neuf mois, et dont lui, Vadim, était bien placé pour savoir qu'il n'aurait pu démarrer sans une lourde révision ? C'était une autre énigme, compliquant celle de l'œuf pourri.

— On n'est pas plus avancé, Anouchka !

Le prisonnier s'affaissa, le cul dans la neige. Son crâne bourdonnait pire qu'une cloche battue à toute volée. Il allait rendre les clefs au cadavre mais se ravisa, les glissa dans son manteau.

La poche aux coutures déchirées pouvait encore avaler des choses, et Vadim piocha des denrées sur les étagères. Au moins, il ne serait pas venu pour rien.

13.01.1961 – 15 h 15

La radio s'était tue. D'un coup, les aiguilles qui balayaient les cadrans tombèrent à zéro et les rares voyants allumés s'obscurcirent. Dans les enceintes, le son déclinait vers le grave comme un moteur qui décélère.

Ce qui tracassait Anton était cette odeur de grillé. Il l'avait sentie peu après l'extinction de l'appareil. Depuis, elle persistait dans la pièce, s'y attardait plutôt tel un mauvais souvenir. Un cliquetis, très audible, avait accompagné la suspension du signal – mauvais signe, convint le chef.

— Je crois qu'elle est morte, fit Igor d'un ton lugubre. C'est peut-être le circuit, ou l'antenne. En tout cas, la radio est fichue !

Anton chercha une parole de réconfort qui ne vint pas. Parfois, la réalité était cette pelote d'épingles, impossible à saisir sans s'écorcher les doigts. Avaient-ils sacrifié leur seule radio pour informer ceux de la côte que deux poliarniks voulaient s'en aller, et qu'une partie d'échecs avait mal tourné ? Oui, c'était probable.

— Ils savent qu'il y a un problème, c'est le principal, avança mollement Loubachev.

— C'est ce que tu penses, Anton ? Ce n'est pas si grave d'avoir grillé la radio ?

Il était rare qu'Igor usât de son prénom. Le botaniste ne se rappelait aucun précédent. Igor l'avait appelé Anton, et non « chef » comme d'habitude : on pouvait n'y entendre qu'une substitution anodine ou une marque d'irrespect, voire d'insolence.

Anton avait besoin de réfléchir. Il se rendit aux toilettes, c'est-à-dire marcha cinq pas vers le fond de la pièce. Derrière leur morceau de bâche, les cabinets offraient une diversion à bien des problèmes immédiats.

Quand il revint, toutefois, Loubachev n'était pas plus avancé. En d'autres temps, il aurait appelé Vadim à la rescousse. « Le camarade Kotov va s'occuper de la radio », aurait-il fait, en tapotant amicalement l'épaule du tractoriste. Hélas, ce n'était plus de mise. On ne pouvait plus confier à Vadim les chaises bancales, les casseroles sans manche et tout ce qui, à Daleko, marchait de travers. Les colons devaient accepter l'idée, nouvelle et désolante, qu'un appareil cassé ne pourrait plus servir : à la moindre panne, au moindre court-circuit grillant un transistor, la machine irréparable échouerait sur le tas d'ordures.

Anton préféra le garder pour lui. Ce n'était pas le moment d'assombrir le tableau. Il aida Igor à ranger dans leurs cartons l'émetteur-récepteur et la boîte de couplage. À travers le hublot, les deux hommes virent le mât de l'antenne s'abattre dans la neige. Le pauvre Dimitri peinait à enrouler le câble raidi par le froid.

— Je vais faire un thé. Il en aura bien besoin.

Loubachev aimait utiliser le samovar. Ce n'était qu'une

bouilloire agréable à regarder, nourrie du même bois que le poêle. On introduisait des bûchettes dans le tuyau central, on les allumait et, un moment plus tard, de l'eau chaude coulait à flots du robinet. Un appareil simple et robuste, qui rendait de grands services et ne cassait jamais.

Le chef remplit la tasse d'Igor et servit un grand bol à Dimitri qui rentrait frigorifié de sa mission sur le toit. Le géologue ne savait pas comment s'était déroulée la communication avec Mirny. Cependant, aux mines déconfites de ses camarades, il devina que ça n'avait pas donné grand-chose.

— Non, il n'y a pas de solution, avoua Loubachev tout de go. Pas de solution immédiate, en tout cas. Nous avons réussi à leur parler un peu, après plusieurs essais radio. J'ai demandé un avion, mais aucun appareil n'est disponible. L'Iliouchine Il-12 a tordu son train d'atterrissage. Il faut commander des pièces, paraît-il, ça va prendre des semaines. Les autres avions servent ailleurs sur le continent, ou n'ont pas assez d'autonomie pour voler jusqu'à nous.

— Tu parles ! réagit Igor. La vérité, c'est qu'ils ne veulent plus se poser à Daleko.

— Ils n'ont peut-être pas tort. Sans tracteur, nous n'avons pas le moyen d'aplanir correctement la piste. Il doit y avoir plein de creux et de bosses, sous la neige.

Ce constat jeta un froid ; même le thé parut tiédir et changer de goût.

— Ce n'est pas la question, s'entêta le glaciologue. Crois-tu qu'on se tournerait les pouces, si nous avions la moindre chance d'attirer un avion ici ? Bien sûr que non ! Nous raclerions la piste nuit et jour avec des pelles, avec des casseroles, avec nos ongles s'il le fallait ! Mais, tu veux savoir ? Ça ne servirait à rien... Même si nous réussissions à dérouler trois kilomètres de piste lisse comme une vitre, ceux de la côte ne viendraient pas.

— Et... pour... quoi ? fit en grelottant le géologue.

— Ils nous ont oubliés, Dimitri. Je suis sûr qu'à Mirny, les nouveaux ne connaissent pas l'existence de la station, ou qu'ils la croient abandonnée. Et les anciens, la plupart, pensent que nous sommes morts. Ils n'ont pas tout à fait tort, d'ailleurs. On va tous mourir ! Ce n'est qu'une question de temps ! Il reste encore des provisions. Mais que se passera-t-il quand nous aurons brûlé la dernière bûche, vidé la dernière conserve ? Quand la faim nous fera manger les lacets de nos chaussures, quand nous arracherons les planches des châlits pour ranimer le poêle ? Eh bien, ce sera la fin... La fin pour de bon.

— Mirny sait que nous sommes là. Je suis sûr qu'après cette communication ils vont envoyer des secours.

— ... avec les avions russes cloués au sol ?

— Ceux des Américains et des Japonais volent toujours, eux. Les délégations se doivent mutuellement assistance. Peut-être qu'en ce moment même, un avion a décollé de McMurdo et vole vers nous !

— Sauf ton respect, chef, tu divagues. Pourquoi les Américains dépenseraient-ils du kérosène et mobiliseraient-ils des pilotes pour cinq types perdus au milieu des glaces, qui ne sont même pas leurs compatriotes ?

— Pour quatre types... rectifia Dimitri. Maintenant, ils savent... ils savent que... Nikolaï est mort.

Le glaciologue opina vivement. Igor buvait son thé à petites gorgées coléreuses, en grimaçant comme s'il avalait un alcool fort. Ses sourcils se crispaient, faisant remonter son bonnet jusqu'au milieu du front.

— Et... et par voie... terrestre ? avança le cadet. Un convoi... de traîneaux ?

Malgré trois ou quatre couvertures qui l'enveloppaient à plusieurs tours, Dimitri n'arrivait pas à se réchauffer. Entre ses doigts tremblants, le bol dansait et giguait comme une lampe-tempête, éclaboussant du thé sur ses genoux. D'ailleurs, il ne buvait pas ; il prenait un bain de vapeur, le récipient tenu tout près de son visage bleui.

— Nous n'avons pas discuté de cette option, convint sobrement le chef.

— Bien sûr que non ! explosa le glaciologue. Réfléchis avant de parler, Dimitri ! Ce qui concerne les avions s'applique aussi, bien sûr, aux trains d'autochenille ! Qui monterait une telle expédition pour nous soulager de deux gêneurs, dont l'un déjà claqué ? Ce n'est pas comme si nous devions évacuer un blessé, si quelqu'un devait être opéré en urgence ! Je ne suis même pas sûr que Mirny nous aiderait, si ça arrivait.

Dimitri un peu vexé répliqua. La fumigation de thé avait fait son effet, et ses mâchoires dégelées jouaient un peu mieux.

— Pourtant, je me rappelle une opération de sauvetage, il y a deux ans, à la station Komsomolskaya... Un glaciologue venu étudier la structure de l'enneigement était tombé gravement malade, à cause de l'altitude et du manque d'oxygène. En deux jours, sa température était montée à quarante, il avait perdu conscience. La station a adressé un radiogramme à Mirny. Des secours ont été dépêchés sur place et le glaciologue a eu la vie sauve.

— Tu es mal informé, camarade. J'ai bien connu ce

glaciologue. Il s'appelait Valery Sudakov et, hélas, il est mort avant qu'aucun avion ne puisse décoller.

Igor et Dimitri se renfrognèrent. Chacun bouda de son côté. Loubachev sentit que c'était le moment de dire ou de faire quelque chose. C'est à lui qu'il revenait, sans doute, de pacifier les esprits avec des paroles justes et sensées comme en prononcent les chefs en pareilles circonstances.

Les yeux tournés vers le hublot, Anton chercha des mots convaincants, au moins une citation d'un grand personnage qu'il pût placer à bon escient. Mais c'était trop tard. Plus les secondes passaient, plus sa réaction paraîtrait tardive et maladroite. Il valait mieux se taire.

14.01.1961 – 11 h 35

À travers les hublots des stations polaires, l'Antarctique n'affichait qu'une morne variation de blanc et de bleu pâle. À perte de vue.

Ce tableau ne fascinait que les nouveaux venus, qui n'avaient jamais rencontré les glaces et que le vide, le froid, la solitude, poussés ici à leur extrême, plongeaient des heures durant dans l'hébétude. Les jeunes recrues étaient simples à reconnaître : elles avaient le nez collé à la vitre, les yeux avides d'enregistrer le moindre aspect du désert austral. Dès le lendemain, pourtant, les mêmes regardaient moins à travers le hublot et, après un mois, plus du tout. Ça leur passait. Quant aux poliarniks comme Anton et ses camarades, le paysage antarctique n'éveillait plus chez eux la moindre curiosité et ils se prenaient, au contraire, à rêver d'arbres, de feuillages, d'oiseaux colorés, de papillons et de rivières coulantes – d'une nature tempérée dont le souvenir leur broyait le cœur.

Voilà pourquoi, au matin du 14 janvier, quand le petit groupe ralluma le samovar de la veille, Dimitri s'étonna de voir Anton assis derrière le hublot, en contemplation devant rien.

— Qu'est-ce que tu regardes, chef ?

— Vadim rôde près du hangar. Ça fait un moment qu'il tourne autour du 404. Je ne sais pas ce qu'il fabrique.

Tout le monde accourut au hublot. Igor s'y déplaça avec son bol de thé, traînant ses couvertures derrière lui.

En direction du sud, à un jet de pierre du baraquement, s'élevait ce qui semblait une butte ou un tertre de glace, haut de trois mètres environ. Un connaisseur des pôles pouvait croire qu'avaient surgi là-bas des sastrugi, ces crêtes de neige géantes cabrées par le vent. Or, la zone n'était pas propice à leur formation.

Ce relief qui animait la nappe de neige éblouissante ne devait rien aux éléments. Sous la cloche blanche se dissimulait une bâche en plastique, de la taille d'un chapiteau forain, dont un pan restait visible à couvert du blizzard. Et cette bâche elle-même cachait un engin colossal : l'autochenille de trente-cinq tonnes, longue de 8,5 mètres, large de 3,5, qui avait remorqué le bâtiment principal de la station depuis la mer de Davis. Dérivé d'un tracteur militaire, ce véhicule imposant était de type 404-C, mais beaucoup l'appelaient Kharkovchanka « Femme de Kharkov », parce qu'il était sorti d'une usine de cette ville.

Tant de neige était tombée, tant de glace avait durci depuis la panne de l'autochenille qu'elle s'était effacée du paysage, malgré le rouge piment de sa carrosserie. Il fallait un œil aigu pour repérer l'un des grands rétroviseurs en oreille de cocker et les tuyaux d'échappement du moteur diesel, seules parties de l'engin à percer la congère.

Voilà l'étrange totem autour duquel Vadim tournait d'un pas lourd, armé d'un bâton avec lequel, de temps à autre, il frappait à toute volée la motte de glace dans un fracas de verre brisé.

— Que fait-il ? Il a perdu la tête ?

— Sa nouvelle lubie, on dirait. Bah ! Je préfère qu'il tape sur le 404 plutôt que sur nous !

Depuis des jours qu'il habitait le cellier, Vadim s'était couvert d'une vraie tignasse, aux brins agglutinés par la crasse. Où finissait la barbe, où commençait la chevelure, c'était difficile à situer, car les deux fusionnaient dans un même buisson de paille fauve, bottelé sur la nuque avec de la ficelle. Comme il se dandinait un peu, l'échine courbe et les jambes tassées, il avait tout d'un ours sortant d'hibernation.

— Sauvage ! s'exclama Dimitri, qui tressaillait à chacun des coups de bâton.

— Quand je pense que j'ai ce pistolet, là, dans ma poche… fit Igor en tâtant un relief sur sa poitrine. Il suffirait d'appuyer sur la détente. Nous aurions résolu le problème de Vadim. Et personne, c'est sûr, n'irait réclamer son corps. Ça nous débarrasserait bien, d'abattre cet animal !

Effaré, Anton considéra la bosse qui déformait le pull du glaciologue. Il s'en avisait maintenant, Igor ne lui avait pas rendu le pistolet après la pose du verrou sur le cellier. Tout ce temps, il avait gardé l'arme sur lui, prête à servir. L'infraction était grave et appelait une sanction immédiate, au minimum la confiscation du revolver.

— Igor, donne-moi le Makarov. Je vais le ranger.

— Pas besoin, chef ! Il est en sécurité, avec moi. Vous n'avez rien à craindre, je veille sur vous tous !

— Donne-moi ce pistolet, Igor !

— Pas question.

Le chef avait tendu la main, mais la ramena en croisant son reflet dans le hublot : il avait l'air de mendier. D'un bond, Anton se rua sur Igor pour lui arracher l'arme. Il parvint à glisser ses doigts sous son pull, frôla même la crosse du Makarov, avant qu'un éclair de douleur lui fît lâcher prise. Dans un réflexe, Igor lui avait attrapé le poignet qu'il tordait en dedans. Loubachev voulut se dégager mais, plus il s'agitait, plus les doigts du glaciologue se resserraient autour de son bras. Ce qui arriva ensuite échappa à sa conscience. Il se sentit vriller sur lui-même, tel un judoka qui roule au sol. Une clef douloureuse l'immobilisait par terre.

— Oh, là ! Chef ! s'esclaffa Igor. Qu'est-ce qui te prend ? En voilà des manières !

Dimitri reculait, l'air épouvanté, en faisant non de la tête.

— Lâche-le, Igor ! Tu vas t'attirer des ennuis !

— Tais-toi, gamin. Ce ne sont pas tes affaires.

Le Makarov avait surgi au poing du glaciologue. Il soupesa l'arme, la brandit sur sa paume ouverte. Sous un certain angle, la culasse sombre accrochait la lumière : à travers le hublot, les rayons du soleil allumaient des feux sourds dans l'acier, chauffaient la crosse en bois gravée d'une étoile rouge.

Igor couvait le semi-automatique d'un regard tendre et presque paternel. Brusquement, sa main se referma sur la poignée ; son pouce libéra la sécurité puis réussit, sans l'aide des autres doigts, à chambrer une cartouche en tirant la culasse vers l'arrière. Où avait-il appris ces manipulations ? Son dossier n'évoquait pas de passé militaire.

— Pose ce pistolet, Igor, ordonna le chef. Tu ne sais pas t'en servir, tu pourrais blesser quelqu'un.

— Je sais très bien m'en servir, au contraire. On nous enseignait le tir chez les Pionniers.

Le canon s'inclina vers le chef, sans toutefois le mettre en joue. Un œil fermé, l'autre aligné sur le cran de mire, Igor visait une bouteille de vodka qui avait roulé sous le bureau.

— Pose ça, Igor ! intervint Dimitri. C'est dangereux !

Mais Igor n'écoutait pas. Toujours d'une seule main, il s'amusait à éjecter le chargeur pour le réintroduire aussitôt.

— La première fois que j'ai manié un pistolet, c'était au camp de Kirpichi, sur le Don. J'avais neuf ans. Nous nous entraînions avec des Tokarev TT33 de l'Armée rouge, bien plus dangereux que ce Makarov ! Crois-moi, chef, c'est un jouet en comparaison ! Je pourrais le démonter les yeux fermés.

— Pose-le quand même. Nous n'avons pas de quoi soigner un blessé à la base, et encore moins l'opérer. Il n'y a plus de bandages ni de pénicilline. Si quelqu'un prend une balle, il est mort.

Loubachev, toujours entravé, avec cette arme qui pointait dans sa direction, gardait pourtant son calme. Il s'était redressé sur un coude et cherchait une position pour soulager son poignet tordu, mais il ne se débattait pas.

Peu après, Igor le libéra. Anton se remit debout en époussetant ses manches. Sauf ses joues cuites et les ecchymoses sur son bras, rien n'indiquait l'empoignade qui venait d'avoir lieu. Igor étouffa un bâillement. Le chef lui reprit l'arme sans qu'il opposât de résistance. On aurait dit des comédiens qui, leur scène jouée, se dépouillent en coulisse de leurs costumes et de leurs accessoires.

Le Makarov disparut aussitôt dans le tiroir du bureau.

— Que vas-tu faire, chef ? Tu vas me dénoncer ?

Anton s'appuya d'une fesse sur la table. Son autre cuisse bloquait le tiroir, s'il prenait l'envie à Igor de récupérer le pistolet. En toute rigueur, oui, il devrait déclarer l'incident dans le journal de bord, peut-être soumettre un dossier à Moscou. Or, cette formalité l'ennuyait. Le petit effort que demandait le réglage d'une punition semblait au-dessus de ses forces.

— On verra, Igor. Ce qu'il faudrait plutôt, c'est détruire cette arme. Nous n'en avons pas besoin ici. Un jour ou l'autre, il arrivera malheur.

Une grande fatigue gagna le botaniste. Sa conscience lui semblait dériver, telle une algue dont s'empare la marée montante et qui déroule ses rubans sur le tapis d'écume.

Anton voulut secouer cette espèce d'engourdissement. Il retourna au poêle, la seule chose ici qui réclamât des soins constants, mais le poêle venait d'être chargé, la tirette de réglage était en position, même les cendres avaient été balayées – il n'y avait rien à faire. De nouveau, Loubachev proposa du thé à la ronde et entama des travaux minuscules, où il pouvait s'oublier : il cassa la motte de sucre, il remplit le réservoir du samovar et le bourra de petit bois.

Ce rôle lui convenait bien, au fond. Beaucoup de gens jugent les corvées dégradantes, et plaignent ceux qui les font. Ils ignorent la paix qu'on trouve dans les tâches subalternes. Quel repos parfois d'être au service des autres ! Quel bonheur de se laisser conduire, sans commander personne ni décider de rien !

Un énième thé fut servi que les trois hommes burent en silence, réunis comme tantôt autour du hublot. On se reprit d'intérêt pour Vadim qui, dehors, bataillait toujours contre l'autochenille, son gourdin frappant sans relâche les flancs englacés du véhicule.

Le morceau de bois avait réduit de moitié et c'est à coups de botte et de poing qu'il s'attaquait maintenant aux concrétions vitreuses. De gros morceaux sautaient à chaque impact, tandis qu'une nuée de petits cristaux restaient suspendus en l'air, tissant autour du tractoriste des écharpes scintillantes.

— Enfin, qu'est-ce qu'il espère ? Cet engin n'a pas roulé depuis des mois ! Tout doit être gelé à l'intérieur. Déjà, il ne démarrait plus...

— C'est pour se donner chaud ! ironisa Dimitri.

— Je ne suis pas d'accord, protesta Igor. Il abîme du matériel d'expédition polaire, la propriété du Comité interdépartemental pour la Recherche antarctique ! S'il casse quelque chose, tu seras responsable, chef. Ça retombera sur toi.

— Il ne va rien casser. Vadim est mécanicien. Ça lui briserait le cœur d'endommager le 404. Je crois qu'il préférerait s'arracher les ongles plutôt que de rayer la peinture d'un seul rétroviseur.

Cependant, les efforts du prisonnier commençaient à porter leurs fruits. Une grosse croûte de glace s'était détachée de la portière, laissant la tôle à nu. La carrosserie apparut, tel un joyau délivré de sa gangue qui rutile au soleil. Dimitri ne put contenir une exclamation. Depuis des mois, personne à Daleko n'avait vu de rouge aussi franc.

À mesure qu'il dégageait la bâche et lui arrachait plus de glace, l'autochenille recouvrait sa silhouette anguleuse. Sa longue réclusion dans l'eau solide avait causé quelques dégâts. Les frêles armatures des antennes radio gisaient brisées et tordues sur le toit. La moitié des essuie-glaces avaient disparu, ainsi que l'échelle côté passager et sa poignée montoir. En somme, tout ce qui dépassait du robuste parallélépipède, les rétroviseurs exceptés, n'avait pas résisté au violent décapage du froid.

— La machine est dans un sale état, déplora Loubachev. Je doute que Vadim puisse réparer.

— Moi, je crois qu'il cherche juste un endroit où dormir. Et, pour une fois, je suis d'accord avec lui. Le 404 a des couchettes, une cuisine et même un séchoir. Même si rien ne fonctionne, c'est bien plus confortable qu'un cellier sans fenêtre.

— Il n'y a qu'un moteur à bord du 404. Un diesel douze cylindres. C'est le même qui propulse l'autochenille et qui chauffe la cabine. Si Vadim parvient à rallumer le chauffage, alors, l'autochenille pourra repartir...

— À condition d'avoir assez de fioul.

Plus Vadim se démenait, plus Anton sombrait dans une apathie boudeuse. À lui seul, le criminel brûlait plus d'énergie qu'eux trois réunis. Et l'on pouvait se demander où cette grosse bête de Kotov, rescapé de plusieurs nuits glaciales et de soûleries continues, puisait la force de déneiger l'autochenille – ce que ni Anton ni les ingénieurs, à l'évidence, n'auraient eu la volonté d'entreprendre.

Loubachev s'approcha du hublot, jusqu'à coller son

nez contre. Vadim avait dégagé l'écoutille du poste de pilotage et urinait dessus pour ramollir la glace qui scellait le panneau.

Malgré le froid, son pantalon rembourré était descendu à mi-cuisses. N'importe qui, dans cette posture, aurait tourné le dos au baraquement, mais lui pissait bien en vue des hublots, s'exhibant dans une apothéose de vapeurs amplifiées par le vent.

— Connard ! s'exclama Igor. Je déteste ce type.

Puis Vadim se rhabilla sans hâte. Avec le bout de bois qui lui restait, il fit un burin pour chasser la glace, puis un levier pour remuer le lourd couvercle de l'écoutille.

La trappe céda dans un craquement d'os brisé. Dans un instant, Vadim allait pénétrer dans le 404.

— Il est fort... Il est très fort... marmonna Anton, le front contre la vitre.

23 h 20

Puisqu'en été le soleil s'attardait dans le ciel, il n'y avait pas à Daleko de nuit véritable. Ce qu'on appelait la nuit était une convention des poliarniks, leur décision commune d'aller se reposer quand ils sentaient assez de fatigue.

La nuit pouvait advenir n'importe quand. Cette fois-là, ce fut vers dix-huit heures qu'Anton proposa à ses camarades :

— Et si nous allions dormir ?

La nuit fut soumise au vote et obtint l'unanimité.

L'un après l'autre, les trois hommes avaient rejoint leurs lits, puis chacun à sa façon avait cherché le sommeil. Igor avait déroulé son bonnet jusqu'au nez et s'était tourné vers la cloison. Dimitri avait récité la série des nombres premiers dans sa tête, en tortillant les franges usées d'une couverture.

Le chef enfin s'était hissé sur sa couchette, muni d'un litre de vodka qu'il entama sans plaisir, par grandes lampées, pour sombrer plus vite. Guère après, le flacon lui échappa des doigts et un trémolo d'ivresse se mêla aux chants diversement modulés de ses compagnons.

Cinq heures plus tard, comme Anton l'avait prévu et finement calculé, le plomb de pêche cousu à une pointe de sa couverture et qui, depuis la veille, millimètre par millimètre, l'entraînait vers le sol, ce plomb finit d'emporter la pièce de laine brune.

Le froid réveilla Loubachev. Il vérifia que les ingénieurs continuaient de dormir et descendit sans bruit l'échelle des couchettes.

Avant même de réchauffer ses mains aux flancs tiédissants du poêle, il regarda par le hublot. L'autochenille n'avait pas bougé. Sous le pare-chocs stagnait une eau verdâtre, en flaques frémissantes où se mirait le ciel. Des traînées grasses reliaient le 404 au cellier. Un énorme tas de neige, déjà vitrifié par le gel, montait à côté de l'engin. C'était la preuve que Vadim avait dégagé les chenilles et sans doute déblayé l'intérieur.

Pendant leur sommeil, le prisonnier était parvenu à ranimer les batteries du 404 : les deux essuie-glaces encore en place balayaient les vitres d'un mouvement saccadé et l'un des phares d'appoint, dans l'angle droit du capot, émettait une faible lumière – Anton songea qu'il n'avait pas vu cela depuis des lustres, une ampoule qui s'allume.

De quels préparatifs pouvait-il s'agir ? Ceux d'un aménagement ou ceux, inconcevables, d'un départ ? Anton eut la réponse lorsqu'il découvrit leur citerne de fioul attelée au véhicule. De toute évidence, l'assassin se faisait la belle, et il emportait du carburant pour la route.

Le chef se détourna vivement du hublot. Il sentit le pouls s'accélérer dans ses veines, et s'activer aussi sa respiration. Le baraquement lui parut moins sombre, à cause du stress qui dilatait ses pupilles.

En d'autres occasions, Anton s'était trouvé face à des choix où toute sa vie pouvait basculer. Ainsi, quand il avait rejoint à pied un campement de l'armée pour s'y faire enrôler ou lorsque, bien plus tard, il s'était penché avec curiosité sur des sphaignes de tourbière dont l'étude l'occuperait des années.

Mais cette nuit-là, le choix était tangible, posé devant ses yeux. Soit il remontait dans sa couchette, soit il franchissait la porte. Il s'était préparé aux deux, mais n'avait pas encore tranché. Chaque option aurait de graves conséquences.

Anton bloqua son souffle. Il se jura d'arrêter une décision avant d'étouffer. Les secondes passèrent. Quand l'air circula de nouveau dans ses bronches, son parti était pris.

En un tournemain, il revêtit un chandail, puis un gilet puis un pull, une veste et un manteau dont, sous tant de couches additionnées, il ne put engager les boutons. Voilà qu'il crevait de chaud, mais ça ne l'empêcha pas de coiffer une double chapka, d'enfiler toutes les chaussettes à sa taille et tous les gants.

Bouger devenait difficile ; il se reprocha d'avoir fait les choses dans cet ordre. Pourtant il alla jusqu'au bout, et dédia le temps qu'il fallut à l'extraction du revolver et de l'enveloppe par la fente du tiroir entrebâillé. Il glana aussi quelques objets utiles, tout ce qu'il put trouver.

Si Igor et Dimitri s'étaient réveillés dans cette phase-là de l'opération, il n'aurait su quoi dire, quoi faire. Il était capable de tirer pour échapper aux questions, mais sur qui ? Les deux ingénieurs, un seul mais lequel, ou lui-même ? Heureusement, les poliarniks dormaient à poings fermés.

Avant de sortir, il se fouilla, explora la dizaine de poches que comptaient au total ses habits. Le Makarov occupait la fonte à glissière de sa deuxième veste en cuir de mouton, et l'enveloppe flottait sur sa poitrine, entre son dernier pull et le gilet imperméable. C'étaient des emplacements qu'il devait connaître, si les choses tournaient mal.

Quand il franchit la porte, Anton souriait. Tout s'était déroulé selon son plan, si méritait ce nom la fragile combinaison qu'il avait élaborée la veille, stimulé par la vodka, et qui avait l'intensité d'une dernière chance.

Sitôt dehors, il nota que la station météo, le magasin aux vivres, Daleko tout entière, baignaient dans une lumière verdâtre, frangée de bleu. Il leva les yeux au firmament. Une draperie lumineuse ondoyait au-dessus de sa tête, immense, tendue sur l'horizon comme sur un fil à linge. Elle dansait du côté opposé au soleil, dans la partie obscure du ciel.

Des frémissements agitaient ce long ruban, mille-pattes irisé cheminant vers l'orient. De temps à autre, un éclat plus vif traversait l'aurore australe, un coup de fouet rose ou jaune, et il clignait des yeux.

— Un signe ! C'est un signe... chuchota Anton, qui agrippa la rampe de l'escalier verglacé.

En bas des marches, la neige était profonde. Le chef commit l'erreur d'y planter les deux jambes et perdit l'équilibre. Il s'étala de tout son long sur le banc.

— Zut ! Ce n'est pas le moment !

Il dut ramper quelques mètres, car la neige trop meuble fuyait sous ses pas. Loubachev ne marchait guère, il pataugeait plutôt, et dut maintes fois corriger sa trajectoire car il partait de travers.

Lorsqu'il agrippa enfin l'échelle du 404, Anton était en nage. Sous cette invraisemblable épaisseur de vêtements, il ignorait le froid mais transpirait à flots ; des lignes de sueur dévalaient son dos et nourrissaient plus bas, à l'étage des lombes, un cordon d'humidité assez gros déjà pour tremper son pantalon.

— Vadim !

Le chef se hissa comme il put jusqu'au pare-brise latéral, qu'il heurta du poing. La vitre givrée ne laissait rien voir du dedans comme, supposa-t-il, elle cachait le dehors au passager de l'autochenille.

— Vadim ! C'est moi !

D'un coup, le lourd panneau de l'écoutille se souleva, et retomba sur la tôle avec un bruit de gong.

L'ébranlement fut tel qu'un rang de stalactites chuta de la calandre, suivi, un instant plus tard, par une corniche de neige qui débordait du toit. Paniqué, Anton regarda en arrière. Impossible qu'ils n'aient pas entendu, dans le baraquement. Le chef se figea, un réflexe animal, comme si l'immobilité pouvait le fondre au décor.

— Chef ! Qu'est-ce que tu veux ?

Vadim avait passé la tête hors du trou et le regardait sans aménité.

Anton fut frappé par l'allure du prisonnier, qu'il n'avait pas vu depuis des jours. Sa paupière droite descendait bas sur l'œil, et toute une partie de sa figure semblait une découpe de masque, un moulage gris appliqué sur la peau.

— Laisse-moi entrer.

— Retourne plutôt d'où tu viens. Il doit faire bien chaud dans le baraquement.

Sa voix aussi paraissait sortir d'un masque. Quelque chose troublait l'élocution, comme un caillou dans la bouche qui aurait gêné le libre jeu de la langue. Les muscles jouaient anormalement dans la moitié pétrifiée du visage.

— Qu'est-ce que tu fais avec l'autochenille, Vadim ?

— Ça me regarde.

— Laisse-moi entrer. Je pars avec toi.

— Tu n'as pas compris ? Dégage !

Le meurtrier attrapa quelque chose derrière son oreille, dans la masse indémêlable de ses cheveux. C'était le marteau brise-vitre du poste de pilotage, un manche en plastique avec une double tête en acier. Un jouet, mais dangereux au poing d'un homme résolu.

— Allons, Vadim, sois raisonnable. Tu sais piloter le 404, mais tu ne connais ni le terrain ni le cap à suivre. Il y a des crevasses, des bancs de neige où l'autochenille peut s'enliser. Tout seul, tu n'y arriveras pas. Nous avons besoin l'un de l'autre, que ça te plaise ou non.

— Fiche-moi le camp, je n'ai besoin de personne !

Vadim avait attrapé la poignée du panneau d'écoutille. Il allait le rabattre au nez du botaniste, quand Anton brandit son pistolet ; il avait profité qu'ils parlaient pour l'extraire discrètement du blouson.

— Refermer l'écoutille te prendra deux secondes. Mais si j'appuie sur la détente, la balle t'aura frappé bien avant.

C'était du bluff. Dans cette position d'escalade, la pointe de ses bottes sur les barreaux neigeux, sa moufle glissant sur la poignée montoir, Loubachev n'aurait pas pu armer le Makarov. Vadim, en revanche, pouvait l'envoyer au sol d'une chiquenaude sur le front.

Le criminel lâcha la poignée de l'écoutille et, très lentement, rengaina le marteau brise-vitre. En surface, ses cheveux avaient givré et posaient sur sa tête un casque d'acier. Les traits d'Anton, eux, s'enfonçaient sous une capuche militaire, bordée de fourrure de loup. Toute la scène se déroulait sous les feux variables de l'aurore australe qui teintaient leurs vêtements de vert et de jaune.

— Vraiment, chef ? Tu vas me tirer dessus ?

— Je suis désolé, Vadim. Tu ne me laisses pas le choix. Je dois aller à Vostok remettre ce rapport. Puisqu'il n'y a pas d'avion et que personne ne viendra nous chercher, le 404 est la seule façon de m'y rendre.

— Comment sais-tu que je vais à Vostok ?

— C'est la station la plus proche, à mille kilomètres. Sovietskaya a fermé, Komsomolskaya est trop loin. Mirny, n'en parlons pas. Vostok est la seule destination possible. Pour toi comme pour moi.

Un duel silencieux s'engagea entre les deux hommes, qui croisaient le regard comme on croise le fer. Cependant, l'arme au poing du botaniste lui réservait le dernier mot.

— Tu peux m'accompagner... lâcha enfin Vadim en détachant les syllabes. Dieu m'est témoin que j'obéis sous la menace d'un revolver. Que cela aussi soit versé à mon dossier, si je comparais un jour devant les juges.

Le tractoriste tendit une main molle au chef mais Anton, au lieu de gravir le dernier barreau, se laissa glisser au bas de l'échelle.

— Il faut prendre le corps de Nikolaï.

— Pas question qu'il voyage dans la cabine avec nous. On l'attachera sur le toit.

— Oui, oui... Dépêchons-nous ! Igor et Dimitri peuvent se réveiller d'un instant à l'autre. Et, s'ils nous surprenaient, le sang coulerait encore. Il y a eu assez de grabuge. Tu as pris des provisions ?

— Pour une personne. Je n'avais pas prévu de passager.

— Viens m'aider, alors...

Le criminel opina gravement. Lorsqu'il se hissa hors de l'écoutille, Anton remarqua son bras en écharpe, que Vadim n'utilisait pas. La main sortie de la manche était noire et boursouflée.

— Des engelures qui ont mal tourné.

— Et cette icône, à ton cou ?

— Sainte Olga de Kiev. Elle aussi est du voyage.

Minuit

Pour entrer dans le 404, Anton dut se dépouiller d'une partie de ses habits car, ainsi vêtu de plusieurs couches, il ne passait pas l'écoutille. Vadim lui-même la franchissait tout juste : son régime d'alcool et de sucreries l'avait aidé, semble-t-il, à engraisser malgré le froid.

— Pourquoi descend-on par l'écoutille ?

— La portière côté conducteur est bloquée. Tu verras, chef. Il y a un peu de casse, à bord. Le Kharkovchanka n'a pas apprécié son séjour sous la neige. Pas plus que je n'ai aimé dormir dans le cellier.

En pénétrant dans le véhicule, Anton fut assailli de souvenirs. C'est dans cette caisse roulante de vingt-huit mètres carrés, assez exiguë pour l'équipage d'origine, mais spacieuse pour eux deux, que les premiers poliarniks avaient atteint le pôle d'inaccessibilité.

Tout était resté en place. Les couvertures fleuries étaient pliées sur les matelas des couchettes, un bloc de savon gris garnissait le lavabo miniature et dans le bain-marie en aluminium flottait, intacte, une conserve inentamée de kacha à la viande. Aux crochets du vestiaire pendaient encore de gros manteaux polaires et une chapka orpheline, avec une bande patronymique écrite au feutre rouge.

La glace avait conservé le décor et le matériel de l'expédition aussi soigneusement qu'elle archivait les dépouilles de mammouth dans les profondeurs gelées du sol sibérien. Rien n'avait changé, sauf les préparatifs de Vadim pour son départ. Là où naguère s'asseyait l'ingénieur radio montait une pile de caisses et de bocaux alimentaires. Les couchettes inoccupées supportaient d'autres ballots, des sacs, des outils, tout ce que Vadim avait pu soustraire d'utile aux deux celliers.

Il était remarquable qu'un seul homme, affligé d'un bras en écharpe et d'engelures sévères, eût pu mettre au point cette organisation. Anton considéra le prisonnier avec un respect neuf. Il avait toujours le revolver en main, mais il le rempocha en signe de confiance. Ça n'était pas tenable, de toute façon, de le garder au poing pendant la traversée.

— Tout est prêt, lança Vadim en s'installant au volant. Et toi, chef, tu es paré ? Une fois que j'aurai mis le contact, il n'y aura pas de retour en arrière.

Le regard du chef descendit sur la main du pilote, qu'il avait dégantée pour mieux sentir les instruments. Une petite clef jaune – de celles, toutes simples, qui ferment les armoires de vestiaire – était engagée dans le commutateur. Vadim gardait les doigts dessus.

— Tu avais la clef ?

— Figure-toi que je l'ai trouvée sur Nikolaï. Peux-tu me dire ce qu'elle fichait dans sa poche ? Moi, je ne sais pas. Peut-être espérait-il se faire la belle, lui aussi. En tout cas, cette clef m'a fait signe. Sans elle, je n'aurais pas eu l'idée de prendre le 404.

La clef opéra un quart de tour vers la droite, en direction du sud-ouest et de leur destination.

Un grésillement électrique se fit entendre dans le tableau de bord, suivi de cliquetis dans différentes parties du véhicule. Des câbles se tendirent sous le plancher métallique, avant qu'une grosse détonation, comparable au tir d'un obusier, n'ébranlât toute la cabine.

Le moteur avait démarré. Aussitôt, une âcre odeur d'essence envahit le poste de pilotage. Le tuyau d'échappement traversait l'autochenille de part en part, ce qui aidait certes à chauffer l'intérieur et facilitait les réparations, mais présentait l'inconvénient d'empuantir l'habitacle.

— Normalement, il faudrait laisser tourner le moteur, observa Vadim en libérant le frein. Mais ce ne serait pas prudent de rester ici, n'est-ce pas, chef ?

— Pas prudent, non.

Vadim passa une vitesse et l'autochenille bondit en avant, en se soulageant de quelques kilos de neige qui adhéraient encore à la tôle. Presque aussitôt l'énorme machine fut stoppée, puis repartit par à-coups. Dans le rétroviseur, Anton vit la citerne de fioul s'ébranler lourdement.

— Attention !

Le Kharkovchanka fonçait droit vers le cellier que Vadim évita d'un coup de volant. Avec sa remorque, l'autochenille dépassait les quinze mètres de long, et l'aire vide entre les bâtiments suffisait juste à la manœuvre.

Au sortir du virage, le 404 frôla le baraquement qui disparut dans un tourbillon de neige. Pendant un instant,

Anton entrevit la face ahurie d'Igor dans un des hublots. Puis Daleko glissa dans un angle du pare-brise et l'horizon blanc chassa les derniers vestiges d'occupation humaine : un rouleau de câble et un bidon crevé, au bout de l'ancienne piste d'atterrissage.

Une image entra dans le rétroviseur, qui l'habita longtemps. C'était le buste de Lénine sur le toit du baraquement, seul émergé du soulèvement clair des flocons, comme s'il lévitait au-dessus du sol. Lénine leur tournait le dos ou plutôt les épaules – le chef sut qu'ils s'éloignaient de la Russie, la terre distante que regardait le maître. Pourtant, chaque tour de roue les rapprochait de la civilisation.

Enfin le buste en suspension dans l'air rapetissa, devint ce noyau de prune, ce grain de sésame – et tout fut blanc.

6

— Où va-t-on, chef ? C'est toi qui fais la route, paraît-il.

Vadim devait crier pour dominer le ronflement du moteur. À bord, tout tremblait, grelottait, vibrait, avec les bruits assortis dans le registre aigu ; le gros diesel, lui, jouait dans le registre grave.

— Sans montre pour dire l'heure, ça n'est pas simple.

Loubachev se pencha pour situer le soleil qui brillait dans leur dos, flocon jaune dans le tourbillon des flocons blancs. On voyait mal. Les vitres sautillaient follement dans leurs cadres de caoutchouc.

— Tu veux t'arrêter pour faire des relevés ? Le navigateur a dû laisser ses instruments.

— Va tout droit, pour l'instant. Nous sommes dans l'axe de la piste d'atterrissage, orientée sud-ouest. C'est la bonne direction.

Anton se cramponnait des deux mains au pupitre qui servait d'accoudoir et de table à cartes aux passagers de l'avant. Heureusement qu'il ne tenait plus le pistolet. Avec de telles secousses, le coup serait parti tout seul.

Son regard traversa la vitre et se perdit dans le blanc. Voilà quelques minutes seulement qu'ils avaient quitté

Daleko et déjà le foyer, le magasin aux vivres, la station météorologique, qui trois ans durant avaient formé le décor unique de leurs existences, perdaient en substance et en réalité.

Quelle probabilité de rencontrer une colonie humaine en sillonnant au hasard l'immense continent ? Elle était à peu près nulle. Or, c'était comme si ce chiffre dérisoire, cette proportion insignifiante eût déteint sur le personnel des stations. Les résidents des bases polaires semblaient vagues, lointains, presque chimériques aux habitants du monde civilisé, ceux qui foulaient la terre ferme et s'abritaient dans des maisons en dur : une communauté de fantômes, à la merci d'une tombée de neige ou d'une rupture de câble télégraphique.

— La HF, elle fonctionne ? fit Anton en décrochant le microphone.

— Elle est morte. Tu as bien vu, la grande antenne, ce n'est plus qu'un tas de ferraille. Elle a plié sous le poids de la neige, puis les haubans ont rompu.

— S'il y a un problème, nous ne pourrons alerter personne.

— Chef, je vais être honnête avec toi... Ce voyage est suicidaire. Nous avons très peu de chances d'aller au bout. En temps normal, le Kharkovchanka roule avec huit hommes à bord. Il y a un mécanicien, un navigateur, un médecin, un ingénieur radio... D'autres traversées l'ont prouvé, chacun d'eux est utile.

— Tu as raison.

— Par exemple, il y a trois ans, un engin comme le nôtre a cassé son arbre à cardan, à trente kilomètres de Vostok. Il a fallu cinq jours pour installer la pièce de rechange qui pesait une demi-tonne, par des températures de cinquante-cinq degrés sous zéro. Tout le monde a prêté main-forte, avec des palans et une grue de levage. S'il nous arrivait une tuile pareille, eh bien... adieu les poliarniks !

Loubachev scruta la figure du criminel dont le profil se détachait avec netteté sur le fond clair de la vitre latérale. La réverbération des neiges nimbait ses traits d'une clarté douce et violente à la fois. Le chef remarqua de petites tresses, éparses dans les cheveux ou dans la barbe, où pendaient des colifichets brillants comme des pièces nickelées de vingt kopecks. Plus bas oscillait l'icône de sainte Olga, retenue par une fine cordelette. Vadim ne cessait d'y porter les doigts ou les yeux, pour s'assurer de sa présence fidèle.

— De toi à moi, chef, je ne comprends pas que nous ayons laissé le 404 s'abîmer comme ça... Une si belle machine !

— Je crois qu'avec le temps, nous avons oublié qu'il existait un ailleurs. Un autre monde, hors de Daleko.

Le botaniste tendit l'oreille. Son ouïe avait apprivoisé le bruit du moteur et percevait maintenant d'autres sons, plus fins, que le grondement ne couvrait plus.

Parmi eux, il y avait un cliquetis dont Anton chercha longtemps l'origine, et qu'il situa enfin : cela provenait du toit de l'autochenille, au-dessus de leurs têtes. Ce *tac tac tac !* comme celui d'une pièce métallique en heurtant une autre à petits coups répétés, c'était la boucle de la sangle arrimant Nikolaï à la galerie du véhicule, qui battait contre la tôle.

— Ils auraient pu nous accompagner.

— Qui donc ?

— Igor et Dimitri. Au lieu d'une fugue, ce voyage

aurait été l'évacuation de Daleko. J'ai voulu leur en parler, hier, mais je craignais la réaction d'Igor. Il est imprévisible.

— Igor ? Jamais je ne l'aurais laissé monter à bord ! Ce type ne m'inspire aucune confiance ! Voyager avec lui ? Autant coucher un tigre sur ses genoux, en le priant de se tenir tranquille ! Non, il m'aurait fait la peau au premier kilomètre ! À Vostok, tu pourras monter une expédition de secours si ça te chante.

— Que comptes-tu faire, là-bas ?

— Je ne sais pas encore. Tout vaudra mieux que d'attendre la mort sur le matelas du cellier. Et toi, chef ? Tu vas me livrer ?

Anton flaira un piège. Que se passerait-il s'il répondait oui ? Comment dissuader Vadim de le tuer, lui qui avait déjà du sang sur les mains et savait la tragique facilité d'éteindre une vie humaine ? Ni les huit balles du Makarov, ni ses faibles compétences en navigation ne le mettaient réellement à l'abri.

— Je ferai mon devoir, Kotov. Tu peux y compter.

— Ça me va. Nul n'échappe à son destin. Toi non plus, Loubachev.

...

Le 404 avait démarré sur une neige assez dure, qui aidait les chenilles à s'accrocher. Mais, en s'éloignant de la station, le régime des vents changea, et avec lui la nature du sol. Ils abordèrent des bancs de neige meuble, par endroits si fuyante qu'il en montait jusqu'aux vitres. Elle se composait de grains scintillants, visibles à l'œil nu, comme une mousse froide et légère qui s'émiettait dans la main.

— Ça n'est pas bon, ça. Pas bon du tout ! grogna Vadim

qui sentait jusque dans son bras valide, à travers les vibrations du volant, les efforts fournis par le Kharkovchanka.

Tous les cent mètres environ, le pilote devait manœuvrer pour les dégager de l'énorme congère que le véhicule chassait devant lui, ou qu'il repoussait sur les côtés en soulevant de hautes vagues crénelées d'écume blanche. Il fallait stopper l'autochenille, partir en marche arrière, puis de nouveau en marche avant et entamer une nouvelle trace, laquelle variait de quelques degrés vers le sud ou vers le nord de celle abandonnée.

Ces constants écarts de trajectoire les obligèrent à faire des points de navigation, plus tôt qu'ils n'auraient voulu. Anton avait vu le soleil passer dans le hublot de gauche, dans celui de droite, rouler aussi d'un bord à l'autre des pare-brise frontaux : il n'avait plus aucune idée d'où ils se trouvaient. Peut-être, à force de détours, l'autochenille avait-elle pris un virage à cent quatre-vingts degrés et, tandis qu'ils croyaient progresser vers Vostok, roulaient-ils stupidement vers leur point de départ ?

— Arrête ici, Vadim. Je vais faire le point.

Le Kharkovchanka cala, en s'ébrouant de toutes ses tôles. Vadim se sentait des courbatures dans les bras. Il fit quelques mouvements de gymnastique, pendant qu'Anton piochait cartes et instruments sur la table du navigateur.

— Tu crois qu'on a roulé combien de kilomètres ?

— C'est à toi de nous le dire, chef ! Fais vite. Si le moteur refroidit, il va consommer le double à l'allumage. Cent litres à l'heure. C'est beaucoup trop. Moins nous utilisons de carburant, plus nous irons loin.

— J'espère bien aller au bout.

Loubachev se hissa hors de l'écoutille en s'aidant des

deux bras. Dehors, le froid et la lumière étaient intenses, au maximum de ce que pouvait tolérer, un certain temps, la peau du visage à découvert. Un silence épais, encore densifié par la neige qui assiégeait le véhicule, comprimait douloureusement les oreilles.

Anton déplia le pied du théodolite et de l'astrocompas sur le toit du 404. Dans ces régions de forte perturbation magnétique, les compas simples avaient la bougeotte. Pour garder le cap, les équipages devaient relever la position des astres comme des navigateurs sur l'océan, puis compulser longuement leurs cartes et leurs graphiques. Ainsi fit Anton, qui redescendit dans la cabine un moment plus tard, maussade et grelottant.

— Si mon estimation est juste, nous avons dévié de huit degrés vers le nord. Tu dois compenser, avant que ça ne s'aggrave. J'ai calculé le cap à suivre. C'est...

— Mais la distance ? le coupa Vadim. Combien on a roulé ?

Le chiffre que prononça Anton, qu'il répéta à la demande du pilote incrédule, claqua comme une porte dans un courant d'air.

— Si peu que ça ? Tu es sûr ?

— Je ne suis pas navigateur, mais mes calculs sont fiables. Oui, j'en suis certain.

Vadim reprit le volant sans autre commentaire. De sa main capable, en guidant l'autochenille avec le genou, il piocha dans son manteau de longs fils de tabac qu'il semblait tirer de son entrejambe. Toujours d'une main, il se roula une cigarette sans en offrir à son voisin de cabine. Peut-être lui reprochait-il d'avoir livré aussi crûment leur piètre kilométrage, qui mettait Daleko presque à portée de jumelles.

Loubachev le laissa bouder. Il s'était pris au jeu et déroulait ses opérations sur un coin de papier. Jusqu'alors, leur vitesse de progression avait été risiblement faible à cause de cette neige rétive, par la faute aussi des changements de direction qui figeaient le 404 tous les cent mètres. Malgré les mille chevaux de son moteur diesel surcomprimé, le gros Kharkovchanka avançait présentement à l'allure d'un homme à pied. Il n'y avait d'ailleurs qu'à regarder dans le hublot pour savoir combien ils se traînaient. Si un passager de l'autochenille avait laissé fuir un gant par l'écoutille ouverte, il aurait pu descendre du véhicule en marche, le ramasser et remonter à bord sans que l'engin eût même à ralentir.

À ce train-là, établit finalement le chef, il leur faudrait vingt jours et autant de nuits pour atteindre Vostok. Encore s'agissait-il d'une projection optimiste, celle d'un voyage au mieux que n'affligeaient ni tempête de neige, ni ennui mécanique, ni maladie ni tracas d'aucune sorte.

Le chef hésita à donner ce résultat consternant. Mais trop tard : Vadim l'avait lu par-dessus son épaule.

— Vingt jours ? Nous ne tiendrons pas jusque-là. Même en nous rationnant, nous n'avons que douze jours de carburant.

— Et alors ? Qu'est-ce qu'on fait ?

— On avance quand même.

— Je peux conduire, si tu veux.

— Hum.

Ils échangèrent leurs places. Le siège du pilote était encore tiède, et le volant aussi se souvenait de la main du tractoriste ; ses phalanges avaient creusé en profondeur le caoutchouc noir, qui s'effritait par endroits.

Vadim lui montra rapidement les commandes. Ça

tenait en peu de mots. Le 404 dérivait d'un char d'assaut, le T-54, dont il empruntait le châssis et beaucoup d'organes mécaniques. L'autochenille gardait quelque chose de la robustesse militaire. On n'avait pas l'impression de conduire un gros camion, plutôt de propulser un bélier dans la muraille d'une citadelle.

— Ça ira ?

— Ça ira, tu peux aller dormir.

Le tractoriste rejoignit sa couchette, où il s'abattit tout habillé. Cependant, par inadvertance, il s'était laissé tomber sur le flanc droit, du côté de son bras malade. Un juron lui échappa.

— Qu'est-il arrivé à ton bras ?

— Il a gelé, une nuit, parce qu'il était sorti de la couverture. Je n'ai pas réussi à le réchauffer. Le sang circulait mal. Alors, la gangrène s'y est mise. Ça commence tout juste, mais j'ai senti l'odeur. J'espère qu'ils pourront me soigner, à Vostok.

Le chef eut une parole d'encouragement, que Vadim n'entendit pas : il avait déjà sombré, l'icône de sainte Olga couchée sous la tête.

16.01.1961

Vadim avait laissé des instructions sur la route à suivre. Des cartes jonchaient la table du navigateur. Il avait choisi les trois, vides et quasi monochromes, qui décrivaient l'Antarctique oriental et tracé dessus, du bout du doigt, un semblant d'itinéraire jusqu'à Vostok.

Sur le papier, ça n'avait rien d'extravagant. Une fois descendue du plateau de Sovetskoye, sur la ligne de partage des glaces, l'autochenille devrait contourner l'imposant dôme A par la base. Bien exécuté, ce long virage en faucille les conduirait tout droit à Vostok. Si le pilote déviait de sa trajectoire, en revanche, s'il aplatissait la courbe, le risque était grand de viser à côté et de manquer la station. Vostok alignait des bâtiments bas, d'un bleu turquoise usé par les intempéries, qui se fondaient mimétiquement au paysage.

Lorsqu'il prit les commandes, Loubachev découvrit ce pilotage au jugé : écouter son instinct plus que les instruments.

De temps à autre, Anton coupait le moteur et montait

sur le toit de l'autochenille. Sa chapka à la main, il prêtait l'oreille à la rumeur du vent et aux craquements infimes que produisait la glace aux prises avec le froid. Le botaniste humait l'air, car il pensait que le bon chemin répandait une odeur, qui n'était pas celle des fausses routes et des voies de perdition.

S'il pouvait endurer le gel encore un moment, il sortait les jumelles. Les puissantes lentilles l'aidaient à forger son opinion d'un banc de neige, là-bas, trop blanc pour être honnête, ou d'une ombre entrevue qui soulignait peut-être un relief, trahissait des sastrugi dardés vers eux comme des poignards.

Alors, s'étant longuement recueilli face au paysage, Loubachev prenait la décision d'aller à gauche ou à droite, de maintenir son cap ou de l'infléchir. C'était affaire de perception, et d'un peu de chance. Les sens y avaient une plus grande part que les fastidieux relevés de position des astres, lesquels, d'ailleurs, lui donnaient souvent raison.

Vadim pilotait d'une façon plus simple encore. Il avait observé, s'il tenait la bonne direction, que le soleil lui chauffait la joue droite le matin, l'oreille gauche l'après-midi et qu'il errait, au milieu du jour, le long du joint en caoutchouc, dans la région médiane du pare-brise. Ces informations, prétendait-il, suffisaient à le guider.

Les deux hommes s'échangeaient le volant toutes les six heures environ, au moment des repas qu'ils partageaient souvent debout – qu'ils expédiaient, plutôt, la conserve réchauffée posée au sol entre eux, chacun y piquant la fourchette à tour de rôle.

Ce n'était pas la place qui manquait pour dresser la table, et prendre le temps de déjeuner ne les aurait pas beaucoup ralentis. Mais ils n'étaient pas dans cette humeur. Anton surtout se rappelait qu'ils fuyaient, ou du moins qu'ils avaient faussé compagnie aux deux ingénieurs.

Il croyait bien qu'Igor, dès qu'il avait pu, avait chaussé ses skis pour s'élancer à leur poursuite. Combien de temps leur avait-il donné la chasse ? Sur quelle distance avait-il remonté cette piste grossière, la double tranchée creusée par les chenilles dans la neige ? Les traquait-il encore ?

Peut-être Igor avait-il rebroussé chemin avant d'exposer sa vie. Mais peut-être, c'était bien son genre, s'était-il obstiné – alors, après des jours passés dehors sans équipement, sa mort était inévitable. C'était un deuxième cadavre dont Loubachev, un jour, devrait rendre compte aux autorités.

— À quoi penses-tu, chef ? Tu fais une drôle de tête. Le poisson ne te plaît pas ?

— J'ai hâte d'arriver à Vostok, c'est tout.

— Oh, moi, je ne suis pas pressé, fit Vadim en extirpant une arête coincée entre deux dents. Qu'est-ce qui m'attend en Russie ? La prison, à coup sûr, ou des années de goulag dans les mines de radium. J'aurai de la chance, même, si j'échappe à la peine capitale.

Le criminel plongea son pic dans la conserve fumante, bataillant un peu contre l'autre fourchette qui s'approchait au même instant. De cette petite escrime, Vadim sortit vainqueur. Les lèvres luisantes, il avala sans mâcher un gros morceau de flétan.

— Vois-tu, chef, j'ai rêvé que le tribunal me laisse libre.

À cette annonce, le chef suspendit sa mastication. Il chercha dans les yeux de Vadim un tison d'humour ou de provocation. Mais son regard bleu n'en montrait aucune trace.

— Qu'il t'acquitte ?

— Voilà, qu'il m'acquitte... Pas parce qu'il me croirait innocent, mais parce que Nikolaï a triché aux échecs d'une façon… d'une façon… minable, quoi. Ensuite, j'ai réfléchi, et j'ai compris que ça n'arriverait pas.

— Il y a peu de chances, en effet.

— Oui, et tu sais pourquoi ? Ton rapport, ton maudit rapport va circuler parmi les jurés et les dresser contre moi.

— Le rapport est une chose. Mais le tribunal s'intéressera surtout au corps que nous transportons sur le toit du 404.

— Peut-être. Mais ce rapport, chef... tu l'as toujours ?

La main d'Anton se plaqua vivement contre sa poitrine. L'enveloppe n'avait pas quitté sa veste.

— J'ai le rapport, oui. Et aussi le Makarov. Je t'en prie, Vadim, ne tente rien qui nous mette en danger. Nous ne sommes pas trop de deux pour piloter cette machine jusqu'à Vostok.

— Sois tranquille, petit père. Je te laisserai en paix. Avec mon bras pourri, de toute façon, je ne menace plus grand monde. Ce serait dangereux d'affronter un homme qui s'est gavé de beignets dans la chaleur du poêle pendant que moi, je me caillais le sang au fond d'une remise sans chauffage.

— Je regrette, Vadim. Je regrette sincèrement.

— Des mots ! fit Vadim qui lança sa pique à l'assaut du dernier bloc de poisson et le disputa farouchement au chef, battant et ferraillant jusqu'à lui faire lâcher prise.

Anton abandonna sa fourchette dans la boîte et se leva.

Il sentait le sang cogner à ses tempes et affluer lourdement dans ses veines. Son pouls qui avait pris le galop pendant leur fuite restait rapide, comme si son corps tardait à changer de régime. Une urgence le possédait, d'autant plus forte qu'elle semblait maintenant sans objet.

Ce n'était pas son tour de conduire, pourtant Loubachev s'assit au volant et démarra le moteur. Les vibrations chahutèrent la conserve de poisson et l'auraient renversée si, dans un réflexe, Vadim n'avait plaqué sa main dessus.

— On est pressés, chef ?

— Oui ! Oui ! Qu'on en finisse !

...

Anton resta au volant aussi longtemps qu'il en eut la force, et bien plus qu'il n'était raisonnable. Quand il sentit la fatigue, Loubachev replia ses lunettes fumées et s'obligea à regarder la neige, dont l'éclat cru se réverbérait jusqu'au fond de la cabine. Ses yeux larmoyaient et le piquaient atrocement.

— Tu veux que je prenne la relève ?

— Hors de question.

Anton se talocha une joue puis l'autre. Il recommença quelques secondes plus tard. Plus il s'en donnait, cependant, moins les gifles avaient d'effet. Bientôt, devinait-il, ça ne lui ferait plus rien du tout de se claquer la figure ou de se pincer le gras du bras.

— Ça fait dix heures que tu conduis.

— Je tiendrai jusqu'à la nuit, plaisanta Anton. Voilà, tu prendras le volant quand le soleil descendra derrière l'horizon !

Mais le soleil, depuis des semaines, n'avait pas quitté le ciel. Aux heures les plus sombres, il rasait la plaine neigeuse qui se teintait alors d'or et de cinabre puis, comme mû par un ressort, repartait à l'assaut du firmament. De faux crépuscules succédaient ainsi à des aubes mensongères, et les poliarniks perdaient toute notion du temps.

Anton occupa deux heures encore le siège du pilote. À la longue, cependant, les vibrations du moteur et même son tapage infernal lui chantèrent une berceuse irrésistible. Plus le moteur tournait, plus la température s'élevait dans le 404, anesthésiant toujours plus l'homme aux manettes.

Loubachev ne se rendit pas compte que ses doigts glissaient du pommeau de vitesse. Son crâne pesait si lourd qu'il le sentait près de basculer, en avant ou en arrière, au péril de ses vertèbres qui auraient cassé net – telle fut du moins la pensée inepte qui envahit son cerveau, juste avant l'extinction.

Il y eut un choc, amorti par le rembourrage, à l'instant où son front heurta le volant.

— Je t'avais averti, tête de mule !

Vadim rejoignit l'avant et coupa le moteur de l'autochenille qui avançait toujours, indifférent au collapsus du conducteur. La lourde machine brinquebala quelques mètres, puis s'immobilisa dans un tremblement de toutes ses tôles.

Lui secouer l'épaule n'avait rien donné, alors le tractoriste prit Anton sous les aisselles, l'enlaça plutôt de son seul bras valide, et se débrouilla pour l'extraire du poste de pilotage. Il le traînait en ahanant vers les couchettes, quand sa main sentit quelque chose sous les habits du botaniste. C'était trop gros pour être un stylo ou une boucle de ceinture.

Vadim déposa le chef sur le lit et, après un instant d'hésitation, se mit à le fouiller. Ses doigts tiraient délicatement les glissières, délivraient les boutons en douceur, exploraient chaque poche et palpaient chaque revers. À l'instant où ils tâtèrent les formes glacées du pistolet, le dormeur eut un tressaillement léger, comme si Vadim palpait un de ses organes internes. Le criminel se figea, et attendit une minute sans bouger. Puis, lentement, centimètre après centimètre, il tira le Makarov hors de sa cachette ; c'était comme manipuler un scorpion venimeux. Il posa le revolver à côté, sur le matelas.

Sous le gilet du botaniste, Vadim trouva aussi une grande enveloppe qu'il dégagea pour y jeter un œil. L'enveloppe était sale, avec des traces de doigt et des macules de boue ou d'autre chose. Le papier peluchait par endroits et l'encre avait déteint. En grattant du pouce le rabat collé, Vadim le sentit venir : il n'aurait eu qu'à tirer un peu plus fort, un tout petit peu, pour ouvrir le pli sans rien déchirer – Anton ne l'aurait jamais su.

Mais le tractoriste rangea l'enveloppe et remonta sagement le zip de la veste. Il resta un moment assis près de la couchette, avant de s'installer aux commandes du Kharkovchanka.

21.01.1961 – 17 h 30

Depuis son départ de Daleko, l'autochenille avait joui d'une météo favorable et d'une excellente santé mécanique, à défaut d'avoir toujours la meilleure neige. Sous un ciel pur, par vent faible ou en l'absence de vent, l'engin taillait sa route sans rencontrer d'obstacle.

Vostok n'était plus hors de portée. Anton avait cru l'apercevoir, un matin, dans une image inversée des bâtiments comme en tissent les mirages froids en plein ciel. « Pas possible », réagit Vadim, mais il monta sur le toit et put constater l'apparition. Une frise bleu pâle lévitait au-dessus de l'horizon, dans une écharpe scintillante de cristaux en suspension. Ni la glace ni les affleurements rocheux n'avaient cette allure. Seule pouvait l'expliquer la présence d'une station polaire, quelque part vers le sud.

— Vostok ?

— Ça veut dire qu'on a bien roulé, ces derniers jours.

— Il faut croire, oui.

Debout sur le 404, les deux hommes se congratulèrent comme s'ils touchaient déjà au but.

…

Du jour où l'image de Vostok s'était formée dans l'azur, leur voyage connut une sorte d'accélération. L'autochenille tournait comme une horloge et s'acheminait tout droit vers l'objectif.

Chaque soir, Anton faisait un point pour estimer leur progression. Elle n'avait pas dépassé quarante kilomètres quotidiens sur le plateau de Sovetskoye. Désormais, le Kharkovchanka parcourait cent, voire cent trente kilomètres à la journée.

Il semblait si incroyable, ce chiffre, que la superstition s'empara des fugitifs. Ils commencèrent à croire à une protection surnaturelle, à la compagnie d'anges ou d'esprits qui auraient aplani la neige sous les chenilles du 404. Si Dieu existait, ce dont Vadim convenait plus volontiers qu'Anton, alors, à l'évidence, il approuvait leur voyage et œuvrait à son succès.

Le tractoriste, lui, pensait que sainte Olga s'entremettait pour eux ; ils devaient à sa haute protection tout ce qui leur arrivait de bon. L'icône avait veillé sur lui depuis une étagère du magasin aux vivres, s'était pendue ensuite à son cou et oscillait désormais sous le rétroviseur du 404, irradiant d'ondes puissantes quiconque s'asseyait à la place du pilote.

Pendant qu'il conduisait, Vadim couvait l'icône des yeux. Quand les vibrations la faisaient tourner sur elle-même, il la pinçait entre deux doigts – « sinon, elle aura le vertige ! ». Il évitait, en revanche, de l'appeler Anouchka devant le botaniste : on ne livre pas les petits noms de sa bien-aimée à des étrangers.

— Sans elle, je ne m'en serais pas tiré. Je n'ai pas de femme, mais j'ai cette icône qui prend soin de moi.

— Tant mieux, Vadim. Cependant, je crois que beaucoup seraient morts à ta place. Tu es très résistant.

— Tu as raison aussi. J'ai appris bien des choses en me gelant sur ce grabat, entre autres celle-ci : que l'intelligence ne sert à rien pour combattre un froid mortel. Seul l'animal en nous peut s'en sortir. Tu saisis, chef ? Si quelqu'un rentrait vivant de ce séjour au pôle, ce ne serait pas le plus malin, le plus savant ou le plus équipé, mais celui qui aurait l'instinct de survie le plus fort. Voilà ce que m'ont enseigné ces deux semaines en enfer.

Le criminel tourna vers Anton son regard de cyclope, une paupière levée et l'autre couchée sur l'œil. Anton éprouva un malaise. Il bredouilla une excuse et retourna à l'arrière faire un peu de rangement.

...

Pendant cinq jours, l'autochenille fila sous un ciel clair, à l'aplomb du soleil cerclé d'un halo lumineux. Mais, au sixième jour, la météo se dégrada soudain.

Vadim au volant vit s'installer la brume, des mèches éparses d'un gaz blanc qui se tressèrent pour former des nappes plus étendues, des bancs opaques en suspension dans l'air. Les nappes lévitaient immobiles et ne fuyaient pas l'autochenille. Au contraire, celles que déchirait le véhicule en mouvement collaient à la carrosserie et s'étiraient derrière lui. Plus il en attrapait, plus il semblait ralentir, comme si ces tentacules avaient pompé ses forces vitales.

Cela empirait d'instant en instant. La visibilité se réduisit à quelques mètres, avant d'être abolie tout à fait. Les rayons des puissants phares ne perçaient plus le brouillard mais s'y diffusaient en vain, ces millions de photons errant dans le blanc sans cerner aucune forme, sans rien éclairer de tangible.

— Les Américains appellent ça le *white out.* Et nous, chef, on a un mot pour cette saleté ?

— Je ne crois pas.

À un certain moment, le 404 versa d'un côté ; les deux hommes sentirent s'incliner le plancher sous leurs pieds. Vadim écrasa la pédale de frein.

— Pourquoi tu t'arrêtes ?

— Quand l'autochenille penche comme ça, c'est qu'elle s'enfonce. Ça peut être une crevasse.

— Les crevasses sont sur la côte. Elles gercent le front des glaciers. Il n'y a aucun risque, par ici. Nous sommes beaucoup trop loin à l'intérieur des terres.

— Va voir quand même, d'accord ? Prends la sonde, sur le râtelier. Il ne faudrait pas que le Kharkovchanka bascule dans un ravin.

— Pourquoi tu n'y vas pas, toi ?

— Avec mon bras en écharpe, oui !

— Bon, soupira Anton. Je m'en occupe...

Loubachev s'équipa pour sortir. En enfilant ses gants, il échangea un regard avec le tractoriste, assis aux commandes du 404. Vadim avait dépendu l'icône de sainte Olga pour la poser sur le tableau de bord, entre le tachymètre et le manomètre de pression d'huile. Anton eut la sensation dérangeante que deux personnes avaient leurs yeux sur lui.

Dehors, il n'y avait que du blanc. Loubachev se tint debout près de l'écoutille, tous les sens aux aguets, mais on ne voyait rien, on n'entendait rien. Les vapeurs qu'il aspirait par la bouche avaient un goût d'eau fade. Seul existait le froid. Dès qu'il avait mis un pied sur le toit, des anneaux de givre avaient cristallisé autour de ses narines et continuaient d'épaissir.

Le chef tomba à quatre pattes. Ses yeux étaient inutiles, pas ses mains. Les rivets sur la tôle, ses arêtes aiguës formaient des reliefs qu'il pouvait suivre du bout des doigts.

Anton cherchait l'échelle de descente quand un objet s'interposa, une grande forme allongée qui bruissait au toucher et lui donna un petit choc électrique, sous un court plumet d'étincelles : la momie de Nikolaï, emballée dans le papier d'aluminium.

— Tu y arrives ? lança Vadim par l'écoutille ouverte.

— Je me débrouille.

L'échelle était introuvable. Alors, lorsqu'il sentit s'arrondir le bord du toit, Anton se laissa tomber dans le vide et atterrit pieds joints dans la neige. Il avait d'abord planté la sonde, de la taille d'une perche de maître nageur.

Au prix de gros efforts, empêtré jusqu'aux cuisses, le chef contourna l'autochenille et se plaça devant, dos à la calandre, à égale distance des deux groupes de phares. Les puissantes lampes n'éclairaient guère, néanmoins elles réchauffaient un peu la brume glaciale.

— Au travail, chef ! Tu vas te geler, si tu restes trop longtemps dehors.

La voix planait au-dessus de sa tête, comme celle d'un esprit du vent. Le timbre grave de Vadim lui donnait une ampleur inquiétante, et accusait l'effet surnaturel.

— Où veux-tu que je sonde ?

— Devant les chenilles, pardi ! Sur quinze mètres, au moins. La longueur du 404 avec sa remorque.

Loubachev saisit la perche à deux mains et entama l'exploration méthodique du banc de neige. Il marchait deux ou trois pas, plantait la sonde, la retirait, s'avançait plus loin. Chaque fois, la tige d'acier s'enfonçait de moitié, jusqu'à sa graduation jaune ou orange, puis ressortait avec un frottement mouillé. Anton travaillait à l'aveugle et, pour simplement lire le niveau atteint sur le bâton, devait coller ses yeux tout contre. De plus en plus près, lui semblait-il.

Loubachev se retourna : les phares de l'autochenille n'éclairaient plus. Ces pâles disques lunaires qui, un instant plus tôt, lévitaient à sa hauteur dans le brouillard avaient disparu.

— Pourquoi as-tu éteint les phares ? Il y a un problème ?

— …

— Vadim ?

— Je suis désolé, chef.

— Quoi ?

— Je suis désolé. Je ne voulais pas que ça finisse comme ça.

Anton soudain prit peur. Il s'accroupit dans la neige et pointa la perche à l'horizontale, tel un chevalier sa lance. C'était stupide, il ne savait même plus où se trouvait l'autochenille. Il lâcha la sonde et fouilla frénétiquement ses poches, à la recherche du pistolet.

— Où es-tu, Vadim ? Il faut qu'on parle !

— Tu as toujours été bon pour moi, chef. Je regrette.

— Que veux-tu dire, à la fin ? Explique-toi !

La voix émettait depuis un point mal défini, ou plutôt une région de l'air blanc. Les mains tremblantes autour du revolver qu'il braquait par là, Anton tâcha de calmer sa respiration. Il ahanait comme s'il avait couru derrière un traîneau.

— S'il n'y avait pas ce maudit rapport, nous pourrions trouver un arrangement… Qui sait ? Peut-être faire alliance. Nous inventerions une histoire, nous dirions aux autorités ce qu'elles veulent entendre. C'est ce rapport qui complique tout.

— Attends, Vadim ! Tu ne sais pas ce qu'il y a dedans !

Anton réfléchissait à toute allure. Quelle était la probabilité de viser juste, s'il faisait feu maintenant ? Le chargeur du Makarov contenait huit balles. En tirant la première au centre de la cible, cette zone d'où provenait la voix, puis les autres en cercle autour du même point, il avait une chance, une petite chance de mettre dans le mille.

Le chef raidit le bras porteur de l'arme, qu'il soutint avec l'autre. Son pouce chercha le cran de sécurité et le libéra. Puis son index se plaça sur la détente.

— ... J'ai quarante-neuf ans, chef. Je ne veux pas que ma vie s'achève sous les balles d'un peloton d'exécution. Ni dans les carrières glacées du Magadan, un pic de mineur à la main pour extraire le radium ! Certes, j'ai tué Nikolaï... Mais lui avait une belle vie, une épouse, une maison au bord de la rivière Kouban. Son assiette était bien garnie. La mienne est vide, et j'attends toujours d'être servi.

— Tu as assassiné un père de famille. As-tu songé à ses enfants ? Le jeune Andrej, son aîné, et Youri, Oxana... La petite Irina, née juste après son départ pour l'Antarctique, qui ne connaîtra jamais son père !

— Oui, j'y ai pensé, et je suis désolé pour eux... J'admets que c'est moche. Mais on peut voir la chose autrement. Je crois, moi, que Nikolaï en avait assez profité. Il avait eu sa part, plus que sa part. Dis-moi, qu'est-ce qui est le plus juste ? Qu'un homme comblé meure dans la fleur de l'âge ou qu'un pauvre type reste en vie pour, lui aussi, palper un peu de bonheur ? J'ai des projets, figure-toi.

Plus Vadim parlait, plus la visée d'Anton gagnait en

précision. Le cercle se resserrait autour de la bouche invisible et bientôt, très bientôt, il serait assez étroit pour que la balle frappât son objectif. Il fallait qu'il parlât encore.

— Quels projets, Vadim ?

— Eh bien, je voudrais rentrer en Russie, avec ma prime polaire... M'établir dans le sud, là où il fait chaud. Peut-être à Krasnodar ou dans le coin. La femme de Nikolaï n'habite pas loin, je crois. Elle a perdu son mari, elle sera peut-être heureuse d'avoir une épaule où s'appuyer.

— C'est de la folie, Vadim ! Rien de tout cela n'arrivera, tu le sais bien !

— Oui, à cause de ce fichu rapport ! De tout ce que tu vas dire aux enquêteurs ! Pardonne-moi, chef, mais je ne vois pas d'issue. C'est toi ou moi, sur cette terre...

Anton hurla quelque chose qu'emporta le rugissement du moteur. Loubachev se campa sur ses jambes et pressa huit fois la détente ; huit fois, le mécanisme joua avec un cliquetis, mais aucune balle ne jaillit du canon : le chargeur était vide. Dans un geste désespéré, il lança le Makarov et l'entendit rebondir sur la carrosserie du 404, tout près, beaucoup plus près qu'il n'aurait cru.

Le véhicule polaire se ruait vers lui de toute la puissance de ses mille chevaux. Larges d'un mètre, les chenilles barattaient furieusement la neige en aspirant à elles des monceaux de flocons. Anton voulut bondir de côté, mais son pied accrocha la perche et il perdit l'équilibre. D'ailleurs, c'était trop tard. Les lames d'acier avaient déjà mordu son autre jambe.

...

Dans la cabine, Vadim compta dix secondes avant de lever son pied de la pédale d'accélérateur. Il engagea une marche arrière, puis une nouvelle marche avant, enfin coupa le contact.

Par précaution, avant de quitter le bord, il glissa une grosse clef serre-tube sous son manteau. La pression au sol des larges chenilles n'était que de vingt-sept kilogrammes au mètre carré. Un homme robuste – et chanceux – pouvait peut-être en réchapper.

Au pied du 404, le criminel repéra aussitôt cette grande traînée de sang sur la neige. Le rouge était si vif qu'il perçait la brume. C'était comme un chemin, tracé vers nulle part au sein du néant lumineux. Le sang à la température de la vie fumait dans l'air glacial.

Vadim n'eut qu'à remonter la piste pour trouver le cadavre, atrocement mutilé. Certes, les chenilles ne l'avaient pas écrasé, mais leurs lames d'acier avaient déchiqueté les vêtements et la chair, réduisant certaines parties du corps à une purée sanglante.

C'était une chance que l'enveloppe n'eût pas été détruite, elle aussi. Le rapport avait échappé à la lacération sous plusieurs couches de vêtements. Il en restait de grands morceaux, des moitiés de pages intactes – la première, par exemple, que Vadim défroissa pour la lire.

Lettre d'Anton Petrovitch Loubachev,
Chef de la station de recherche scientifique Daleko,

À Dmitri Ivanovitch Shcherbakov,
Académicien, président du Comité interdépartemental
pour la Recherche antarctique,

Présentant sa démission du poste de chef de base,
en apportant les raisons et motifs complets,
recommandant la fermeture de la station Daleko

et le rapatriement en Russie de son personnel,
avec les primes et salaires afférents.

À peine Vadim eut-il parcouru les dernières lignes que le papier lui glissa des doigts. Il se mit à trembler, à trembler de plus en plus fort et l'image du monde se brouilla devant ses yeux, noyés soudain d'une eau trouble.

— Oh, pardonne-moi, chef ! Pardonne-moi !

Il pleura longtemps, accroupi dans la neige. Il se frappa les côtes jusqu'à l'essoufflement.

Cependant, un changement s'annonçait dans le ciel. La brume s'effilochait aux angles de l'autochenille ; elle perdait en consistance sauf au creux des ravines, là où siégeaient les vapeurs les plus denses. Nettoyé, le paysage réapparut, un vallonnement clair surmonté d'une demi-sphère azur. Le froid plus vif permit au tractoriste d'éclaircir ses idées.

Vadim se remit debout, alla quérir une pelle. Il creusa une fosse à la hâte, roula dedans les corps d'Anton et de Nikolaï, boucha le trou. Quand la neige fut bien tassée pardessus, le tractoriste bredouilla une prière, les paroles du sacrement de réconciliation qu'il ne se rappelait plus bien.

Enfin, parce qu'il gelait de plus en plus fort et qu'il voulait rentrer à l'abri, que l'animal en lui implorait le chaud et le sec, Vadim dressa un genre de stèle – en l'espèce, l'icône d'Olga de Kiev qu'il planta simplement, debout, dans la neige.

La sainte se tenait bien droit au sommet du tumulus blanc. Maintenant dégagé de la brume, le soleil lançait loin ses rayons. Le soleil éclairait la neige ; il embrasait la carrosserie rouge du Kharkovchanka ; il illuminait le fond d'or de l'icône.

— Veille bien sur eux, Anouchka... Quand je rentrerai en Russie, je tâcherai de trouver celle dont tu portes le nom.

Ses derniers mots furent pour recommander à Dieu les âmes des deux innocents morts de sa main. Puis il jugea qu'il avait assez prié, assez pleuré, et se détourna dans un haussement d'épaules.

ÉPILOGUE

Les archives de la station scientifique Vostok font état d'une visite peu ordinaire, le 2 février 1961 vers le milieu d'après-midi.

Le dénommé Vadim Igorovitch Kotov s'y présenta, seul, aux commandes d'une autochenille de type 404C qui avait épuisé ses réserves de carburant. Il arrivait de la station Daleko, au pôle d'inaccessibilité ; cette même base avec laquelle le radio de Mirny avait établi un bref contact, trois semaines auparavant.

Des cinq hommes de Daleko, Vadim Kotov se déclarait le seul survivant. Une violente querelle avait éclaté autour d'une partie d'échecs qui opposait le chauffeur-mécanicien Nikolaï Kalinine au glaciologue Igor Artemiev, le premier volant la victoire au second par une manœuvre honteuse de sa reine, dans la dernière manche du jeu.

Nikolaï avait abattu Igor à coups de hache, avant d'être tué à son tour par le géologue Dimitri Babourine, venu au secours de son ami. Le géologue avait été placé à l'isolement, en attendant qu'on statuât sur son sort. Mais il s'était rebellé et, quelques jours plus tard, avait causé la mort d'Anton Loubachev en incendiant le baraquement.

À grand-peine, Vadim avait maîtrisé Dimitri et l'avait embarqué dans l'autochenille pour le livrer aux autorités. Hélas, ce dernier avait pris la fuite au cours du voyage, préférant la mort au déshonneur.

Ce récit illustrait le courage et la vaillance du tractoriste. Son état de santé justifiait des soins urgents qui lui furent prodigués sur place. Il fallut amputer son bras droit, atteint de gangrène gazeuse. Puis son rapatriement fut organisé, par avion jusqu'à la base littorale de Mirny et par bateau jusqu'en Russie. Le navire diesel-électrique *Ob*, chargé des rotations antarctiques, débarqua ses passagers à Kaliningrad le 16 avril 1961. Vadim y fut accueilli en héros. Le président du Comité interdépartemental pour la Recherche antarctique, Dmitri Shcherbakov, s'était déplacé en personne. « Votre dévouement mérite d'être récompensé. Je recommanderai votre nom », déclara l'académicien en serrant la main valide du rescapé.

Shcherbakov tint parole. Vadim bénéficia d'une pension annuelle de quatre mille roubles et fut le seul tractoriste d'Union soviétique à voir son nom inscrit à l'ordre du Drapeau rouge du Travail. La médaille des vingt ans de services irréprochables lui fut décernée par le Præsidium du Soviet suprême. Entre-temps, il s'était établi auprès de sa nouvelle compagne dans la région de Krasnodar. L'ancien tractoriste s'éteignit dans la gloire et le mensonge en décembre 1991, alors que l'empire soviétique tout entier cessait d'exister.

En 1996, une expédition américaine atteignit le pôle d'inaccessibilité et l'ancienne station soviétique Daleko, réputée à l'abandon. Les bâtiments étaient ensevelis sous plusieurs mètres de neige. Seul émergeait du sol blanc le buste de Lénine, la barbiche égayée d'un plumet de flocons. D'Igor Artemiev et de Dimitri Babourine, en revanche, on ne trouva pas trace.

L'affaire eut un grand retentissement dans le milieu de l'exploration polaire. Entre autres mesures, le Comité interdépartemental pour la Recherche antarctique décréta l'interdiction du jeu d'échecs dans toutes les bases soviétiques du continent austral.

Ce règlement, codé 1961A-31, est resté en vigueur jusqu'à ce jour.

Œuvres d'Olivier Bleys (suite)

LE VOYAGE, Paris, Éditions Desclée de Brouwer, 2002, en collaboration avec Wang Yipei.

L'ÉPÎTRE À LOTI, Paris, Éditions L'Escampette, 2003.

LE PLAFOND DE VERRE, Paris, Éditions Desclée de Brouwer, 2009.

À L'HEURE !, Paris, Éditions Virgile, 2005.

JULES VERNE, *biographie*, Paris, Éditions Nouveau Monde, 2004.

VOYAGE EN FRANCOPHONIE, Paris, Éditions Autrement, 2010.

L'ART DE LA MARCHE, Paris, Éditions Albin Michel, 2016.

MANIFESTE DE LA MARCHE, Bordeaux, Elytis Éditions, 2016.

MAISON POUR UN AMBULANT, Paris, Éditions Méroé, 2017.

LES AVENTURES DE POCHE, Paris, Éditions Hugo & Cie, 2018.

LA LEÇON DU BRIN D'HERBE, Neuchâtel, Éditions La Salamandre, 2020.

Jeunesse, bandes dessinées

PILORI, *roman graphique*, Bordeaux, Elytis Éditions, 2010, en collaboration avec le dessinateur Benjamin Bozonnet.

PLUS HAUT QUE LES NUAGES, *album jeunesse*, Paris, Éditions Le Buveur d'encre, 2014, en collaboration avec le dessinateur Arnaud Cremet.

TOULOUSE-LAUTREC, *bande dessinée*, Paris, Éditions Glénat, 2015, en collaboration avec le dessinateur Yomgui Dumont.

GOYA, *bande dessinée*, Paris, Éditions Glénat, 2015, en collaboration avec le dessinateur Benjamin Bozonnet.

LE MAÎTRE DES TAPIS, *bande dessinée*, Paris, Éditions Delcourt, 2016, en collaboration avec le dessinateur Alexis Nesme.

CHAMBRES NOIRES (trois tomes), *bande dessinée*, Paris, Éditions Vents d'Ouest, 2020, en collaboration avec le dessinateur Yomgui Dumont.

Composition : PCA.
Achevé d'imprimer
sur Roto-Page
par l'Imprimerie Floch
à Mayenne, en février 2022.
Dépôt légal : février 2022.
1er dépôt légal : janvier 2022.
Numéro d'imprimeur : 99887.

ISBN 978-2-07-013534-9 / Imprimé en France.

542359